SORCEROUS STABBER
ORPHEN

魔術士オーフェン はぐれ旅

Season 4 : The Episode 4

鋏の託宣

秋田禎信
YOSHINOBU AKITA

Orphen
ニューサイト跡地
浅海
原大陸全図

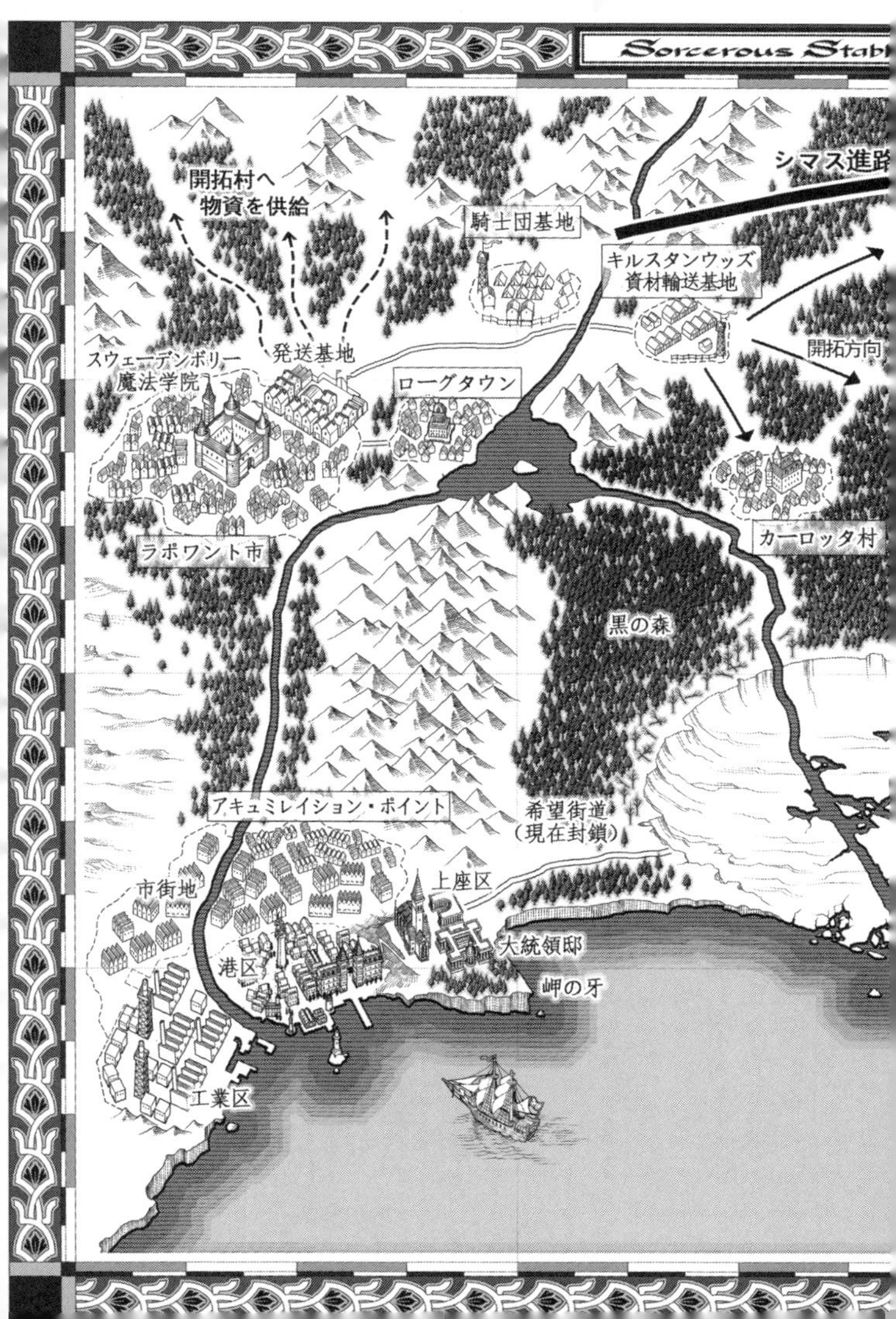
Sorcerous Stab
シマス進路
開拓村へ
物資を供給
騎士団基地
キルスタンウッズ
資材輸送基地
開拓方向
発送基地
スウェーデンボリー
魔法学院
ローグタウン
カーロッタ村
ラポワント市
黒の森
アキュミレイション・ポイント
希望街道
（現在封鎖）
市街地
上座区
大統領邸
港区
岬の牙
工業区

登場人物紹介

リベレーターの侵攻は戦術騎士団を分断し、崩壊への序曲が奏でられ始める。ついに激突する勢力同士の関係性を、相関図を用いてご紹介。

前巻までのあらすじ

キエサルヒマよりの援軍と共に《反魔術士勢力》は侵攻を開始する。

対する《魔王》オーフェンは自ら拘束を解き、《魔王術》によって辛くも状況を五分に押し戻した。

その頃、ラチェットと共にローグタウンへと戻ったマヨールの前には、《リベレーター》の一団が立ち塞がっていた。

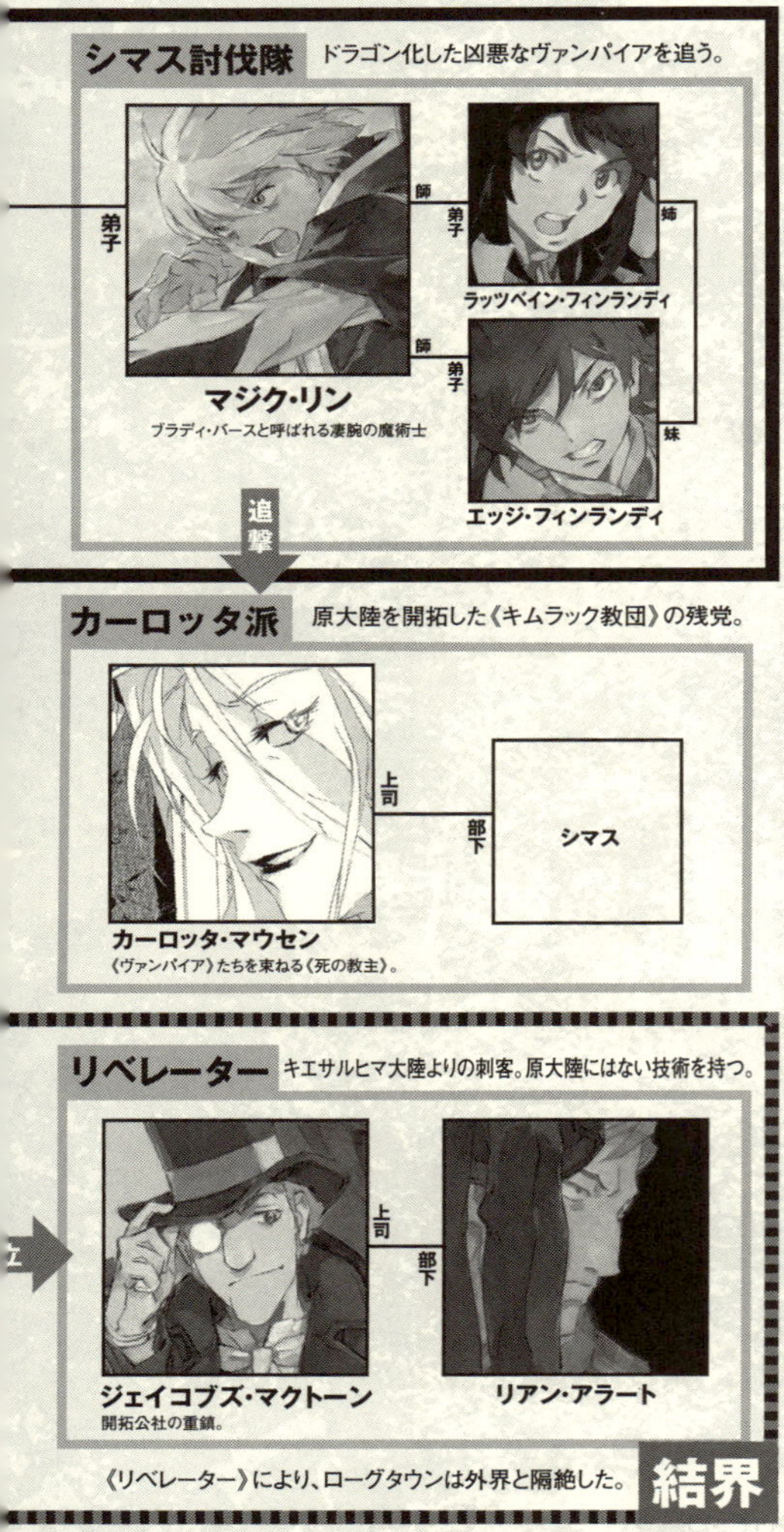

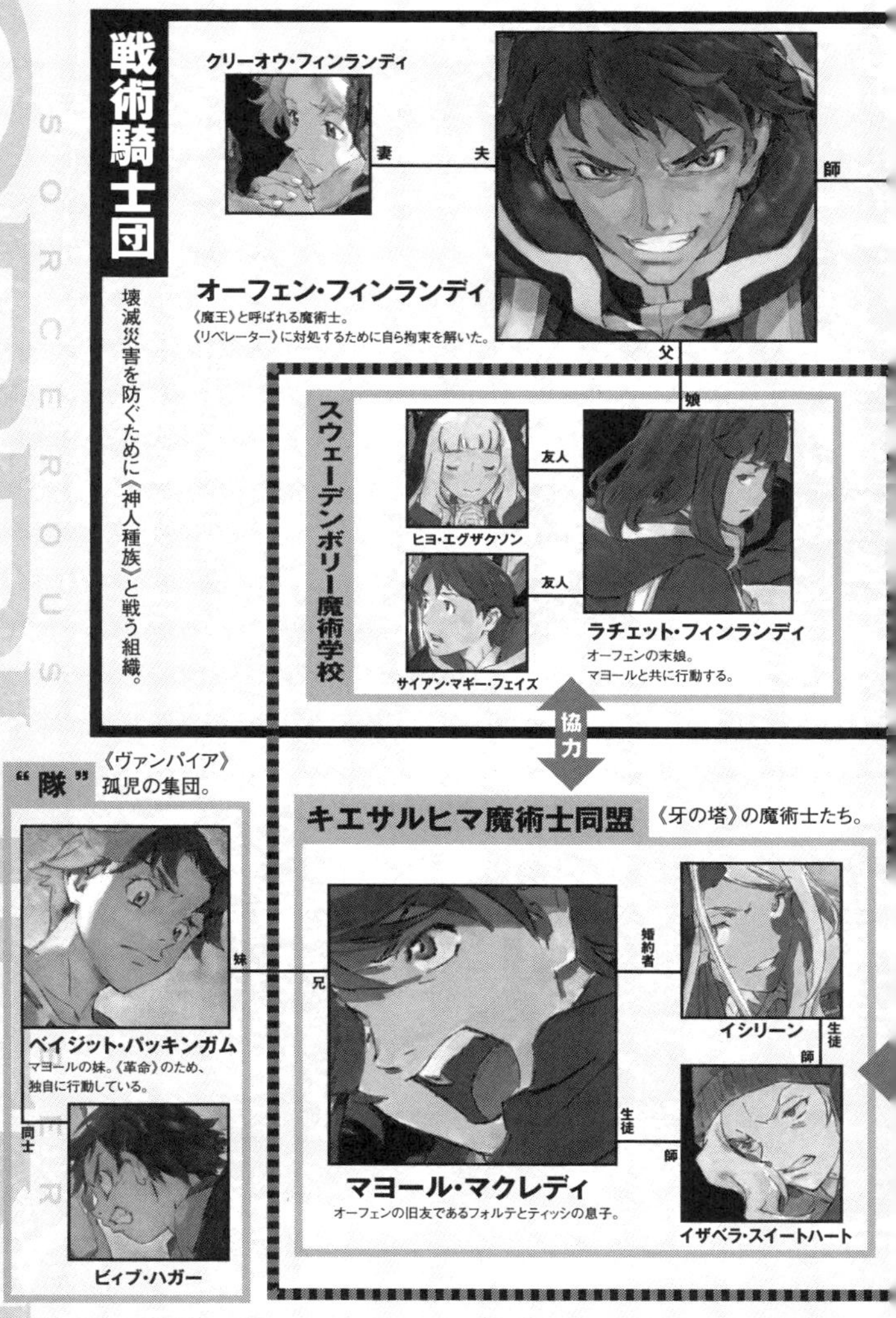

SORCEROUS
戦術騎士団
壊滅災害を防ぐために《神人種族》と戦う組織。
クリーオウ・フィンランディ
妻
夫
師
オーフェン・フィンランディ
《魔王》と呼ばれる魔術士。
《リベレーター》に対処するために自ら拘束を解いた。
父
娘
スウェーデンボリー魔術学校
友人
ヒヨ・エグザクソン
友人
サイアン・マギー・フェイズ
ラチェット・フィンランディ
オーフェンの末娘。
マヨールと共に行動する。
協力
"隊"
《ヴァンパイア》孤児の集団。
キエサルヒマ魔術士同盟
《牙の塔》の魔術士たち。
妹
兄
婚約者
ベイジット・パッキンガム
マヨールの妹。《革命》のため、独自に行動している。
同士
ビィブ・ハガー
マヨール・マクレディ
オーフェンの旧友であるフォルテとティッシの息子。
生徒
師
イシリーン
生徒
師
イザベラ・スイートハート

鋏の託宣

1

ブラディ・バースはかつてのトトカンタ防衛戦で、王立治安騎士軍に立ち向かった際につけられた呼び名だ。

元は母の名前でもあったし、ケシオン・ヴァンパイアにまで遡るという（真偽は怪しいものだとマジクは思っていたが）血統についた名でもあったが。結局は彼が行った凄惨な殺戮《さつりく》に対してつけられた蔑称だ。

味方ですら彼を恐れた。魔術戦士の若い世代には知らない者も増えたが、アクの強いあんぽんたん集団、戦術騎士団の調子に乗った甘ったれどもですら、マジク・リンの特別扱いに対して正面切って文句を言う者はいなかった。

その後二十年、人殺し仕事は続いていたが、思い出はいつもあの時代にある。あれ以来、長い夢でも見てきたかのように思う。容易な夢物語だったかといえば、そうではなかった。当時まだマジクは少年に過ぎない年齢だったし、あの憎きハーティア・アーレンフォードは使えるものについて遠慮などしない上役ではあった。

夢心地から醒《さ》めぬまま、自分の死に様はいかなるものになるのか、それをよく想像する。ありふれているのは、なんとなく目を閉じて、そのまま意識が途切れることだ。目を開

SORCEROUS STABBER
ORPHEN

CONTENTS

けて注意を払い、本調子である限り己が単純に敗れることはほとんどないと、彼は――さほど嬉《うれ》しくもなく――自覚している。だから殺されるのは眠っている間とか、熱で浮かされている時とか、そんなものではないかと考える。

もうひとつありふれているのは、起きていて本調子である時に単純に敗れることだ。確率は知らないがそんなこともあろうと――さほど楽しくもなく――自覚している。

あとは想像する意味のないような予想だけだ。食あたりとか、何故《なぜ》か頭に銀紙を巻いて海辺にいたせいでカモメにサザエを落とされてそれが刺さるとか。ないでもない。人生の終わりとはそんなものだろう。

死を恐れることはほとんどなかった。あまりに長く、人を殺す生活を続けすぎた。ひとつだけ気がかりなのは……どうせなら宿敵を始末してから死にたいものだとは思っていた。せっかく、それができる力を持って生まれついたのだから。

その宿敵を目の前にして、マジクは嘆息した。

「こんなものを飲んでいたのか？」

小綺麗《こぎれい》なガーデンテーブルに完璧なティーセットまで、わざわざ運んできているのはいかにもカーロッタ・マウセンらしいといえばらしかった。しかし、肝心の茶はといえば、泥の味しかしないひどい代物だ。

革命闘士の実質的なリーダーであるカーロッタは、戦術騎士団の総司令であるマジクと同じテーブルで、優雅な所作でカップに口をつけてみせた。

「確かにね」

と、笑う。

「持ってきたお茶が底をついてからは、ずっとこんなよ。それでも、お茶の時間をやめちゃうよりはいいかしらと思って。意地かしらね」

「あなたみたいな人に意地を通されると、夥《おびただ》しい人死にが出ることもある」

「あなたみたいなバケモノに気まぐれを起こされてもね」

にっこり笑ってカーロッタが言う。

マジクはただ虚《うつ》ろに見返した。

「それを分かっているのなら挑発すべきではないよ」

ただ、マジクの胸中にあったのは気まぐれの殺戮というより冷静な値踏みだった。

その行動の結果に帳尻が合うかどうかだ。己の命はともかくとして、ここにいるのは彼ひとりではない。カーロッタの率いる全勢力と戦えば、カーロッタは始末できても、彼も仲間も死は避けられまい。

弟子とその妹の命をかけても構わないか。ここで死なせても問題ないか？

（どうでしょうね、校長）

相談でもしている心地でつぶやいた。

（カーロッタ・マウセンを殺す好機だ。ここでやれば原大陸の混乱を総片付けできるかもしれない）

視線も動かさず、意識だけで周囲を見回す。

開拓地からもさらに奥へ。原大陸として人の手がかかった土地は、ここから百キロ以上彼方《かなた》だ。誰《だれ》の目もない。カーロッタは現在、行方《ゆくえ》が知れないものとなっている。

未開の荒野に設けられたキャンプ地としては、ここはそこそこに手が込んでいた。窪地《くぼち》にあって遠くからでは発見されないが、さらに低地の谷底へとつながっていて水はけは悪くない。森の近くの低地ということは、水の供給もあるわけだ。池と井戸もある。

住み着いているのは百から二百人。大した規模ではないが、全員がカーロッタに付き従う名うての革命闘士だ。カーロッタに放逐され、はぐれ革命闘士として開拓地に潜伏しているものとされる連中もちらほらと見受けられる。多くは強大化したヴァンパイアであり、人の姿を留《とど》めていない者もいる。

キャンプの端、池のほとりにある東屋《あずまや》に、マジクはいた。正面でホストをするのはカーロッタその人であり、彼女は護衛も置いていない。

その代わり、この場にラッツベインとエッジもいない。ふたりはテントのひとつで、ヴァンパイアの監視下にある――カーロッタはそんな言い方はしなかったが、まあそういうことだ。ネットワークがあるためふたりとの意思疎通は可能だ。マジクが決心すれば、ふたりも戦うだろう。

相手もそれは分かっている。

マジクはカーロッタから目は離さなかった。年老いた片腕の元殺し屋。普通なら問題にもならない相手だ。一度は破った相手でもある。

だが掛け値なしの強大な魔術士が敗北を喫する相手とは、往々にしてこうした敵なのだ。

そんな出来事を何度も見た。そして……

カーロッタがテーブルにカップを置く。失ったはずの右腕で。彼女には腕があった。

（ヴァンパイア化だな……）

いつからなのか。仮に、腕を失った十数年前からだったとしても驚きはしない。能力を隠すために、幾度となく腕を切り落とし続けていたのだとしても。そんな敵だ、カーロッタ・マウセンというのは。

「正直言って」

マジクはうめいた。

「あなたを殺さずに去る理由を考えるのに必死なんだ。思いつくのは逆のことばかりでね。サファイアの貸しもある……古い、大きな貸しがね」

「あら。あれを選択したのはあなたでしょう？」

くすくす笑って、カーロッタ。口元を隠す仕草で続けた。

「というより、あなたがわたしたちの側にいなかった理由のほうが、わたしには思いつかない。あなたは魔術士に失望して海を渡ったんでしょうに」

「お前たちへの失望のほうが大きかったのさ。意外か？」

「しゅんとして欲しい？　してあげてもいいけど」

「それよりも、そろそろ意図をはっきりさせたらどうだ」

視線を刺されても物怖《ものお》じせずに、カーロッタは微笑《ほほえ》み続ける……

「わたしたちを疑うのは、あなた方の弱さよね」

「弱いか」

「分かっているはずのことを、まだ信じられずに疑っている。わたしたちの目的は変わっていないし、隠してもいないもの。人の造りし不正を罰して、この世を正しい姿に還《かえ》す、それだけのこと」

終わらないからかい口調は挑発だ。

（つまり返り討ちにできるつもりでいるか……この場で死んでももう問題ないか、どちらかなんだろう）

カーロッタには、マジクをここで潰す利点はさほどでもないはずだ。意義がないこともないが、マジクは戦術騎士団の最後の戦力ではないのだから。

もっとも……

嫌々ながら理性を働かせた。こちら側も同様かもしれない。カーロッタを発見できたが、それがこちらの勝利を意味するほどのことか。ドラゴン化したシマスにはいまだ追いつけていなかった。シマス・ヴァンパイアを追っていて、その途上にカーロッタが潜伏していたというこの事実も——考える必要がある。

（まだ、死ねないか）

うんざりと落胆を噛《か》み締めた。

それが伝わったのだろう。カーロッタが囁《ささや》く。

「いい子ね。意外かもしれないけれど、わたし、敵は好きよ。能なしの味方よりは、よほどね」

「リベレーターは役に立ってくれたほうなんじゃないか？」

「まだまだ。あいつらには最後の役割が残ってる」

と、手を振ってから。

小さく吹き出した。

「いいタイミング」

反射的に、マジクは席を蹴って立ち上がった。

カーロッタの手が示した方角。原大陸の中枢――人間の地がある方向だ。その空に。

黒い柱が立ち上るのが、ちょうど見えた。真《ま》っ直《す》ぐの竜巻のような姿だ。黒い……というより、濃い闇だ。長い円錐《えんすい》形の影が地表から天に向かって伸びていった。

それがなんなのか。マジクもすぐに分かったわけではない。だがカーロッタは知っていた。タイミングとやらも偶然であるはずはない。

問い質《ただ》す間もなく。

マジクはそれより先に、頭を下げて横に跳ばねばならなかった。顔を掠《かす》めて、カーロッタの振り抜いた刃《やいば》が通り過ぎる。

一歩跳び退《の》き、身構えた。カーロッタは——持っていなかったはずの——剣を手に、こちらを眺めている。追撃はしてこなかった。おふざけで殺意を振るう。彼女にしてみれば、これもちょっとした茶目っ気の範疇《はんちゅう》だろう。

「あれを外から見るのは……誰もが初めてのことよね。可哀想《かわいそう》なオーリオウル以外には」

カーロッタのつぶやきで、マジクにも正体が知れた。

声をあげる。

「ラッツベイン！　エッジ！」

これから己がなにを指示するか。

ふたつの可能性がある——

他人事《ひとごと》のように、マジク自身にも分からなかった。自分の叫びを聞いて自分の判断を知った。

この場の敵との相打ちを狙うか、あるいは。

「撤退する！」

声に出したが実際には思念による指示だ。

テントのひとつが爆発し、中からふたつの人影が飛び出した——何体か炎上したヴァンパイアを蹴散らしながら。

マジクは集中に入った。魔王術を仕組む。

援護はふたりに任せた。襲いかかってくるヴァンパイアを、マジクの術の完成まで食い止めさせる。

「カーロッタ……」

術の完成直前に、マジクは振り向いた。

カーロッタはじっとこちらを見ていた。手下と違って襲いかかっても来ずに。

マジクは頬に指を当てた。薄い切り傷に血が滲《にじ》んでいる。

「報告のために、このキャンプの名前があるなら教えてくれないか。〝潜伏地〟なんて呼ばれるのもつまらないだろう？」

「いい提案ね」

彼女はゆっくりと答えてきた。もしかしたら、言いながら思いついたのかもしれないが。

「〝天世界の門《オーロラサークル》〟……神託はここから始まるのよ」

かつてのケシオン・ヴァンパイアの宣言による、世界の綻びの入り口を意味する言葉。

カーロッタはそう名乗った。

マジクは承知し、術を発動させた。

2

「あの結界には必ず隙間がある」

窓から見える黒い柱を見やって、魔王オーフェン・フィンランディは告げた。

原大陸中どこからでも見える――いや、キエサルヒマからでも見えるであろう――空まで立ち上るあの影。

「つまり？」

訊《き》いてくるエドに、オーフェンは答えた。

「単純なことだ。その隙間から中に入って術者を殺す。俺は前にやった」

「以前やった時には、お前は既に中にいた」

エドは冷静に指摘してくる。

「外から中に侵入することは、神人種族が一千年かかっても無理だった」

「だから隙間を見つけるんだよ。三百年前、人間種族は隙間から入ったんだ」

「七百年かかって入ったということかもな」

「……分かった。気に障るなら言い直す。そこまで単純じゃあないかもしれない」

手を振って諦めのポーズを取る。

会議室の、騎士団のメンバーを眺め渡した。といっても、全員で三人だけだ。

学校校長のクレイリーに、騎士団隊長のエド。あとは騎士団員のベクター・ヒーム。

発言したのはエドだけだったが、全員の態度は一致している。『で、どうしたらいい？』だ。

誰にも分からない。前例にない事態だ。

「もっと俗世的な問題もありますよ。市議会の混乱に、市民の反感だって収まったわけではありませんし」

車椅子のクレイリーも言ってくる。

そちらの話は前例がある――うんざりするほど前例たっぷりで、かつ結界と同じくらいの難問だ。

嘆息してオーフェンも認めた。

「街がまだ麻痺《まひ》状態で、マシなほうだ。明日にはもっとひどくなってるだろうな」

腕組みして、自分のひどい格好を思い出した。

手から服から血まみれ、煤《すす》まみれだ。スウェーデンボリー魔術学校、及びラポワント市街にも大被害を出したガンズ・オブ・リベラルとの戦闘は、つい二時間前のことだった。

会議室には戦術騎士団の主だったメンバーが集まっているが、みな戦闘に参加していて似たような有様である。

戦闘は収まっていたが、外からはまだ爆発音などが聞こえてきていた。街に潜伏している革命闘士は全滅したわけではないし、市の抗議者もいる。戦術騎士団の気も昂《たか》ぶっている。まだまだ火種は残っていた。

その上で……件《くだん》の柱だ。

庭の死体も片付けられない間に、幹部を集めて会議が始まった。きっかけはその影の柱だ。戦闘の、ほとんど直後に発生した。

誰しも、それを外部から目にするのは初めてだった。だが長らくキエサルヒマを封じ込めてきた、神人に対抗する結界の姿なのだ。キエサルヒマ結界。またはアイルマンカー結界。

どちらの呼び名も適当ではない。その皮肉を思いついても、オーフェンは口に出す気にもなれなかった。結界が再構築されたのはキエサルヒマではないし、それをしたのはドラゴン種族の本来の始祖魔術士でもない。結界が造られた目的も……やや違う。

地図を見やり、話を再開した。

「結界はローグタウンを覆う形で出現していると推測される。その位置は、開拓地とラポワント市……アキュミレイション・ポイント、俺たちの土地全体の中心でもある」

「神人種族があの結界に引き寄せられるのだとすると、周辺は壊滅する？」

「そうなるだろう。結界に反応するのは運命の女神。魔王スウェーデンボリーいわく、最高位の神人だ」

「これがリベレーターのプランBだとして、奴《やつ》らは原大陸を滅ぼすつもりか」

淡々とつぶやくエドに、オーフェンは付け加えた。

「狙いはもうひとつだ。以前のキエサルヒマ結界と同様に、女神が結界に引き寄せられるなら、女神はこの地に囚《とら》われる。原大陸に回復不能のダメージを与えた上で、キエサルヒマは安全を確保し、かつ結界に支配されないで済む」

「一挙三得か」

「以前結界が破壊された際、女神はディープ・ドラゴンの総攻撃で超光速の彼方まで吹っ飛ばされた。現実時空までもどってくるにはそれなりの時間がかかるだろう……これまでは、早くとも数十年から数百年と見積もっていたが、目印ができてかなり早まったはずだ」

「どれくらい？」

　エドの問いに、オーフェンは、分かるもんかよと前置きしてから推量を告げた。

「数週から数か月。数日かもな」

「対抗策は？」

「ひとつ、女神の降臨前に結界を破壊する。ふたつ、運命の女神を魔王術で抹殺する。みっつ、原大陸の住人すべてを別の場所に移住させる」

「……資本家連中はかなりの数、キエサルヒマへの帰還を選ぶかもしれないな」

「状況が知れたら船の客席の取り合いになるかな。素速い奴はもう〝愛《いと》しいふわふわ号〟に乗り込んで、出航を急《せ》かしているようだ。まあアキュミレイション・ポイントでは金持ち狙いの暴動が続いていたしな」

　と、みなの顔を見回す。

　そろそろ日が暮れる。日が暮れればあの影の柱はどう見えるのだろうか？　というどうでもいい問いが胸を過《よ》ぎった。見えなくなっても、暗い夜空にその影を捜してしまうかもしれない。

嘆息して、オーフェンは話し出した。

「朝から緊張が続いてる。みな疲れているだろう。状況を思えば、休めと言われてもどうしたらいいのかと感じるかもしれないが、明日にはもっと大きい困難が待ってる――いや、明日どころか今夜中にも、ガンズ・オブ・リベラルとの戦闘のツケを払わないとならない。でっかい要塞船が住宅地に落ちたし、砲撃を受けて校舎も穴だらけだ」

会議室は無事だったが、砲撃を真正面に受けていた第一教練棟には損害が少なからずあり、焦げた臭いが漂っている。窓ガラスも一枚残らず割れていた。臭いが入ってくるのはそのせいでもあった。校庭の惨状を片付けなければ臭気はもっとひどくなっていくだろう。また、腐敗は伝染病も招く。

「大人の手で死体を処理したら、校舎の修繕は学生に手伝わせよう。最優先は地下水道だが……土木工事レベルだな。資料室に図面が残ってるかもしれない。捜させろ」

これはクレイリーへの指示だった。相手がうなずくのを見てから、先の戦闘では待機組で消耗の少なかったベクターに視線を移す。

「今晩、防御が手薄になった頃合いで攻めてくる革命闘士もいるかもしれない。絶対に防げ。校内には誰も立ち入らせるな。それが派遣警察隊だろうと、軍警察だろうとだ」

「承知しました」

「ビーリー、シスタ、マシューとの連絡役は――」

この場にいない三人の名前を挙げると、エドが顔を上げた。

「俺が取っている。奴らは今、結界にどれだけ近づけるか試行中だ」

「そこらは、革命闘士もうろついている可能性が高いな」

「ああ。まあ、あの三人なら、そうそう後れは取らない」

「はぐれ革命闘士はどうでもいいが、カーロッタに近しいのが出てきてるかもしれない。出くわしたら必ず捕らえさせろ」

席を順々に見回していき、そして。

「あとは……」

と言葉が尽きた。というより、言う相手が尽きた。会議に出ているメンバーはそれだけだ。

魔術戦士は他にもいるが、休息や偵察、見回りなどいっぱいいっぱいだった。

「いかにも、人手不足だな。用をこなせるのがもうひとりくらいいないか」

「女房に頼んだらどうだ」

「冗談だろ。用がこなせるってのは、どんな理不尽な任務を押しつけられても俺の膝頭を折ろうとしない奴ってことだ」

「そんな使い走りは――」

呆《あき》れ顔でうめくエドの背中に。

どん、となにかが降り立った。

会議室の天井から落ちてきたような、そんな現れ方だったが。この部屋の屋根に穴はない。

現れたのはふたりだ。まったく同じポーズで、ふたり分の体重でエドを踏みつけた。額から机に落ちたエドの上で、きょとんとつぶやく。

「あれ？」

ワニの杖《つえ》を手に、ラッツベインはわざとかというように、エドの上で左右を見回した

――つまりは踏みにじった。

「うわわっ」

隣でエッジは姉の肘が当たって、つまずいた。そしてわざとかというように尻もちをついた。エドの後頭部に。挙げていたエドの手が、ぱたんと倒れた。

「……お前らふたりがいつかこいつを倒す日が来るんじゃないかと思ってた」

オーフェンはつぶやいてから、もうひとり、部屋の中央にちょこんと正座して姿を現した男のほうを見やった。マジクだ。

「ぼくの夢でした」

しみじみ言ってくる。

周りの目が集まる中、のそのそ立ち上がり、わけもなさげにため息をつく。

貧乏神じみた相変わらずの陰気さで言ってきた。

「報告があります」

「いい報告と悪い報告ってやつか？」

半眼で訊くとマジクの陰気さは増した。線が細いせいか、光が当たらないだけであっさり十ほど老け込む。

「いい報告は……まあ全員死なずに帰ってきました」

「無理に捜したな。悪いほうは？」

「シマス・ヴァンパイアの件はまだ解消できていません。発見もできていません」

「じゃあなんで帰ってきた？」

もどるべき理由がいくつか頭に浮かぶが、明るい話題の可能性は限りなくなさそうだ。案の定マジクの声はますます暗い。

「カーロッタ・マウセンの所在が分かりました」

と、壁の地図に向かって手を振る。

なにかを投げつけたように、地図の一点にボッと丸い焦げ跡がついた。

シマス・ヴァンパイアが騎士団基地を壊滅させ、飛び去った方角――開拓地の彼方へと。マジクらが追跡していった道筋の延長だ。開拓の範囲を越えて、未開の地。

「カーロッタはそこに多数のヴァンパイアを従えて、なにかを待っています。白状すると、ぼくらは逃げ帰ってきたわけです。カーロッタは、計画は順調という顔でしたね。狙いは――」

「運命の女神の帰還だ。こっちではリベレーターがローグタウンにキエサルヒマ結界を再構築して、女神を呼び寄せる策に出た」

「ふう。じゃあ辻褄《つじつま》は合ってるわけですね。カーロッタはリベレーターと協調していた風ではなかったですが」

「利用されたようだ。というより、リベレーターはカーロッタをこそ潰したかったようだ。この結界は、カーロッタを阻止できない場合の最終手段でもある。女神封じの」

「ならカーロッタの次の動きは……」

「ああ」

オーフェンも手を振った。地図の焦げ跡から一直線に、ローグタウンの結界まで。同じ焦げ跡で線を引く。

「女神の帰還が叶《かな》ってからは、今度は結界を破壊するために、奴ももどってくるはずだ」

「結界を壊す手段がありますかね？」

「やはり余所《よそ》を利用して、それについては俺たちにさせる腹かもな」

そして。

「あれっ」

成敗されたエドの腕を取って介抱（だか踊らせてるんだか）をしていたラッツベインが、急に気づいたように声をあげた。父親の顔を見て、

「父さん、なんで娑婆《しゃば》にいんの？」

「不法に出てきた。言っておくがお前の父親は無法者だ」

「えー。それ、わたしの今後になんか影響しない？」

「今まで影響しなかったことがあったか聞いてみたいが」

「なにあれ！」

これは窓から外を見たエッジだ。壁と前庭、さらには街まで続く破壊跡に息を呑《の》んでいる。

「あー……説明が面倒くさい。クレイリー。別室で、物知らずどもに補習を頼めるか」

「あ、それはぼくも聞きたいな」

マジクも申し出る。が、その前にと向き直った。

「ひとまずぼくが掴《つか》んだものだけ置いていきます。カーロッタの一味、天世界の門《オーロラサークル》の戦力は百から二百。強大化の末、カーロッタが放逐した者も含んでかなりの危険度です。そいつらの足なら数日以内にこっちまでもどってくる可能性も。シマス・ヴァンパイアが飛び去ったのは一直線……偶然とは考えにくいので、カーロッタは理性を失ったヴァンパイアを従わせる方法を得たのかもしれません。ただ、オーロラサークルにシマスの姿はありませんでした」

その話を、オーフェンは腕組みして咀嚼《そしゃく》した。思いつくことはある。

が、それは口に出さず別のことを質問した。

「……その天世界の門っていうのは、奴らの自称か？」

「ええ」

マジクがうなずく。

オーフェンは即座に宣言した。

「分かった。以後、奴らのいた場所を〝潜伏地〟、カーロッタの組織した部隊を〝婆さん回春隊〟と呼ぶ。必ず記録に残せよ」

「……戦闘モードになってますね」

苦笑するマジクに肩を竦《すく》める。

「権力の正しい使い方だ」

手短に指示を出すと、会議室にいた魔術戦士らはひとりひとり席を外していった。クレイリーと娘たちは情報の更新と校内から学生の有志を集める手はずを整える。ベクターは当面の警備の統制。エドは気絶したままだったがどうせしばらく休ませるつもりでいたからほうっておく。

マジクとオーフェンが最後に残っていた。オーフェンも首の凝《こ》りを手で揉《も》みながら、休息の必要を感じていた。その前に身体を洗わないと、避難民に見られればまた混乱を招くだろう。合わせて三時間は眠れるだろうか。なにごともなければ。

地図を眺めて、独り言のようにつぶやいた。

「オーロラサークルか。皮肉な名前だな。魔王と巨人による世界の綻びの約束だ。神人信仰とは相容《あいい》れない」

部屋の出口で振り向いたマジクが、答える。

「実際に、綻びそのもののヴァンパイアを使ってそれをやってるわけですからね。カーロツタは」

「自嘲したくもなるか。お互い様だが」

眠気と一緒に仄暗《ほのぐら》い苦みを噛み殺した。

3

他に使える部屋がなかったというだけだ、と言い切るには、ここに居座っている事実はやや重いのかもしれない。

懐かしいといってもほんの数十日ぶりだが。校長室にひとり座って、とどけられたいくつかの書状を眺めていると、すぐにも元の生活にもどっていくのではないかとも思えてくる。

幻想だ。もう二度ともどることはない。

クレイリー新校長は既に部屋の中身を変えていた――といっても趣味の改装というよりは、ガラクタをあらかた片付けさせたというだけか。

ふう、と一息ついて、オーフェンは椅子に仰《の》け反った。この椅子は捨てられていなかった。車椅子のクレイリーには邪魔なだけだったろうが。

目を休めるつもりだったのだが、机の書状から視線は離れなかった。内容はシンプルだ。

今日の——いや、そろそろ真夜中を過ぎるので昨日か——戦闘で街に出た損害の大まかな賠償見積もりと、市民の負傷者の治療に魔術士を貸してくれという緊急要請。

署名はサルア市長だ。とどけに来たのは派遣警察隊だった。

(回答は分かっているだろうにな)

一応できるだけのことはしたというポーズが取りたいのか、それともまだ、魔術士側の軟化に賭けたいと思うほどの感傷屋なのか。

ただ単に顔を合わせる口実を作りたいだけかもしれない。それなら出向く価値くらいはないでもない。

頭の中で人選をしていると、扉がノックされた。入ってきたのはマジクだった。

「懐かしい感じがしますね」

「つまんねえことを言うなよ。俺も思ってたところだ」

「正直、クレイリーがそこにいるのを見るのは嫌だったもので」

「だから、つまんねえことを言うなって」

げんなりと世辞に応じる。

マジクは部屋に入ってくると、無遠慮に書状をのぞいた。

「市からの要請ですか」

「ああ。賠償を軽減したければ市街の修復と市民の治療に魔術士を貸せ、だそうだ」

「乗るんですか?」

「……騎士団は人手が足りないし、市に革命闘士が潜伏している可能性があるうちは非戦闘員の魔術士を外には出さない。拒否だ」

「後を引きますよ」

「魔術士の地位回復は大統領邸に負わせる」

「つまり……」

「ああ。サルアは失脚だ。どのみち今後キエサルヒマとやり合っていくんなら、都市と開拓地の群雄割拠のままじゃ通じない。大統領邸の機能を強めていくしかない。サルアもそれは承知の上だろ。歪《ゆが》んだ蓋が開いちまって、元通りには閉じられない。否《いや》が応でも整理整頓させられる」

語ってから部下の顔を見やる。

いつも通りの陰気顔の他に、傷でもあったわけではないが。オーフェンは訊《たず》ねた。

「さっきの空間転移術の代償は？」

「あの距離でしたから、かなり大きいでしょうね……短く済んでも、十日か二十日か、ぼくは無力です」

魔王術を行使する代償は、術者によって違う。マジクの場合は魔術能力を失う。

軽くうなずいて、オーフェンは告げた。

「なら当面は内勤だな。騎士団をまとめろ。できるな？」

「エドやクレイリーと腕ずくの殺し合いになったら不利ですね。校長はなにを？」

「校外の調整に飛び回らないとならないだろう。まずは魔女どもだ。キルスタンウッズ、大統領邸と話を通じないといかんし、市内を抑えるには派遣警察隊だな……」

するとマジクは意外に感じたようだった。

驚いた様子で言ってくる。

「ラチェットの捜索にかかるのかと思ってたんですが」

懸案の山に重いものを乗せて、オーフェンはかぶりを振った。

「手が出せない。恐らくラチェットは結界の中だ」

推測に過ぎないが、行方が知れなくなって既に半日。成り行きからはそう考えるしかない。

話を足す。

「キエサルヒマの連中と一緒にな。だからもしかすれば……」

「中のほうから、彼らがどうにかしてくれるかもしれない？」

「期待のし過ぎは禁物だがな。あの結界を仕切ってるジェイコブズ・マクトーンは、くせ者らしい。それに」

考えながら付け加える。

「あれがアイルマンカー結界なら造ったのはアイルマンカー級の術者だ。天人種族のオーリオウルを再現したクリーチャー。魔王術以外に対抗法がない。誰かひとりでも、魔術戦士を送り込まないとならないな……」

「今、結界の偵察に出ているのはビーリーやシスタたちですか」

「あいつらじゃ力不足だろう。俺もつまらんことを言わせてもらうが、魔王術士としてはお前くらいしか信頼する気がしない」

「すみません」

転移術を使ったことを判断ミスと感じてだろう。マジクが謝罪を口にした。

が、オーフェンはまた首を振った。

「娘ふたりを死なせないためだったんだろ？　責めるわけはないさ。お前がカーロッタを目の前にして逃げてくるっていうのは、軽いことじゃなかったろ」

とはいえ手駒が足りないのも確かだ。

「術といえば」

ふと思い出したように――といっても忘れていたとも思えないが――マジクが言い出した。

「本家の魔王はどうするんですか？　確保したんでしょう」

「しばらくはほっとくさ。今は顔を見たら、またぶっとばしちまいそうだ」

手を擦《こす》り合わせてぼやく。

「手詰まりか……なにかひとつ、出来すぎなくらい都合いいことが起こってくれてもいいのにな」

その時。

どたばたと廊下を走ってくる足音が複数。ふたり。

なんとなく耳が覚えていた。走り方に特徴があるわけでもないと思うのだが。ノックの代わりに扉に激突し、ばたんと開いて飛び込んできたのはラッツベインとエッジだった。

「父さん！」

つんのめって床に倒れたラッツベインにつまずき、エッジも転ぶのだがこれは受け身を取ってすぐ起き上がった。妹が話し始めようとした時に腕を掴んでラッツベインが立ち上がろうとしたため、結局またふたりで転倒した。

のろのろと姉妹が起き上がって、それでもふたりそろって泡を食った顔で——ぽかんとしている父親に言ったのは、こんな話だった。

「父さん……わたしたち、結界の中に入って、アイルマンカーを解消できる！」

「…………」

オーフェンはなんの感想もなく、マジクと顔を見合わせた。

4

夜中にぱちりと、目を開けた。

その音が聞こえたとでもいうのだろうか？——隣のベッドからヒヨ・エグザクソンの頭

が持ち上がる。眠そうな目元をこすりながら、ヒヨは言ってきた。

「どしたのー？」

「うーん」

ラチェットは寝たまま天井を見つめ、返事した。

「役立たずのニブ姉たちがようやく気づいた」

「ほんと？　よかったねー」

「そうでもない。まだまだ弱すぎて。これ時間かかりそう」

枕に埋もれてもごもごと頭を動かしてから、苛々《いらいら》と起き上がる。

暗い部屋に友達とふたり。ヒヨはラチェットの寝間着を借りていたが、居心地悪くはなさそうだった。監禁されて初めての夜だが、さっきまでぐっすり寝ていた。

監禁とはいっても、ここはフィンランディ邸のラチェットの部屋だ。

厳密に言うと姉妹の部屋だ。が、戦術騎士団に入ってから姉のラッツベインとエッジはあまり帰ってきていない。これ幸いとラチェットが領土を広げていたのだが、姉のベッドまでは処分していなかった。ヒヨが寝ているのはエッジのベッドだ。

ふたりは――というよりこの家にいる他の居候たちも含めて、基本的に自由にこの家を出入りできた。ジェイコブズ・マクトーンはそこまで厳《きび》しく行動を制限しようとしなかったし、なにやら別の用事で忙しそうにしている。どの道、こちら側には打つ手がないということを承知しているのだ。

ローグタウンは結界で閉ざされた。これを破壊する方法は、結界を造った術者にやめさせる他にない。だが半不死のアイルマンカーに通じる術を、ここにいる誰も使えない。

……と思い込んでいる。魔王の娘の奥の手を、ジェイコブズは知らなかった。

(まあ、知らないっていうか、まだ全然できないんだから、知ってたらおかしいよね)

鼻を掻《か》きながら、ラチェットはひとりつぶやく。

声に出してはいなかったが、ヒヨが声をあげた。

「だいじょぶ。ゆっくりできるようになればいいよー。それまでは、わたしとサイアンがラチェを守るからさー」

「うん」

うなずいて、ラチェットはぽとりと枕に頭を落とした。

ニブい奴らばっかりの世の中にあって、ヒヨはなんでも分かってくれるので好きだ。サイアンも、まあそこそこニブくはない。分かり切ったことをいちいち確認したがったり――「ねえ、ぼくらってなんなのかな」――、たまに苛つくことはあるけれど。

(それでも……)

夢うつつで考えた。

あんまりゆっくりし過ぎるわけにもいかない。運命の女神がこの結界に引き寄せられるまでどれだけ猶予があるのかは誰にも決して予測ができない。

そしてもうひとつ。術の練習が長引けば正気を保てなくなる。同調術はニブい姉ふたりが思ってるほど安全ではない。

5

「どう全員ぶっ殺す？」

「………………」

予想のついていたイザベラの発言に、マヨールはしばらく相手を観察してから、

「それはつまり、ぶっ殺すにはどうしたらいいか、という意味ですか」

「違うわよ。あの貴族野郎の一団をどうぶっ殺したらスカッとするか」

真顔で言い切る教師にマヨールは訊ねた。

「スカッとした後、どうするんですか」

「さあ。リフレッシュしたら、なんかいい手が思いつくんじゃない？」

「ミントを嚙《かじ》るほうが話が早いんじゃないですかね」

と、居間の隅っこにいるイシリーンを見やる。

三人がいるのは、フィンランディ家のリビングルームだ。原大陸の魔王の家は、豪奢《ごうしゃ》というものでもないが、全体的にゆったりとしていて居心地は良い。イザベラ教師は一番大きなソファを真っ先に自分のものにして、ふんぞり返って独り占めしていた。

マヨールは向かいにひっそり腰掛けている。そしてイシリーンはといえば、さっきからずっと、少し離れた場所に立ち、目を閉じてなにやらくねくねと奇妙なポーズを取っていた。

「うーん……えーと……違うな……これが……こうで……」

小声でぶつぶつ言っているのだが。

まったくしっくり来ないようで、右腕を上げたり左足を抱えたり、しきりに姿勢を変えている。

改めて数分も見続けて、ふとイシリーンが目を開けた。こちらの視線に気づいたようだ。マヨールを見返して、うめく。

「なによ」

「いや。調子はどうなのかなと思って」

「そうね。どう見える?」

「奇行にも見えるし、なら逆にいつも通りかとも言える」

「どうなんですか先生。わたしの健気《けなげ》な努力に対しての、この男の暴言」

「仕方ないわ。しじゅうちやほやされてきた甘ちゃん坊やの考えることなんて、一度挫折を味わってみるまで変わりゃしないのよ」

「教室で日常的に心を折られて一時期は木箱の中で暮らしてましたが……」

マヨールが言っても、この性悪女どもは聞いた様子もない。

どのみちうんざりしたのか、イシリーンは声をあげてソファにもどってきた。

「あー！　もう。やっぱ無理。偽典構成なんてとっかかりを覚えた程度で、まともな術には程遠いんだからさ！」

「それでも、俺らの中で魔王術に一番近いのが君だろ」

それが事実ではあるのだが。

イシリーンの言うのも事実ではある。魔王術はキエサルヒマではまだまったく実用に程遠い。

基礎訓練はマヨールも受けた。だがモノにならないということが分かっただけだった。

魔王術は通常の魔術の延長にある技術だ。しかし求められる感性がまったく異なる。優れた魔術士は魔王術士になり得るが、必ず適応するというものでもない。

手詰まりの理由はそこだった――魔王術士がいないことだ。

認めるのもびっくりだったが、イザベラ教師の言い様はそれなりに正しい。どうぶっ殺すかは、どうやって敵を殺すかではない。敵を殺すことは可能だ。ジェイコブズ・マクトーンや手下のリベレーター、ガス人間や厄介なリアン・アラートを倒すことに知恵を絞る必要はない。全力で攻撃を仕掛ければ、勝てるかもしれないし負ける可能性も同じくらいかもしれないが。

勝っても負けてもそこで行き詰まる。結界を造ったアイルマンカーを打倒する手段がない。

「可能性があったのは……」

マヨールは手の中を見下ろした。

世界樹の紋章の剣は今、手元にない。この家の納屋にあったはずの他の魔術武器と同じく、取り上げられてしまった。とはいえ魔術武器はどれも、天人種族のアイルマンカーその人に通じるレベルではないだろうが。

「足手まといなのが、あの三人ね」

遠慮もなくイザベラがつぶやく。ラチェットらのことだ。

「子供たちを守りながらじゃ多勢相手には戦えない。それに、あの子らが馬鹿をしでかさないかしっかり見張ってないと」

「彼らは思ったより落ち着いてますよ」

「それでも人質に取られているようなものよ」

ずり落ちそうになっていた身体をソファから起こして、イザベラ。

昼にもガス人間らと戦う羽目になって、疲れは溜《た》まっているはずだ。顔色も良くはなかったが声はまだはっきりしていた。

マヨールのほうこそ眠気で思考がぼやけるのを感じていた。どう考えを変えても同じ場所で行き止まるこの話のせいでもあるのだが。

「外はこの状況を分かっていますかね」

「この結界が外からどう見えてるのかは知らないけど、リベレーターの船はラポワント市に攻め込んだっていうし、撃退したなら情報は得てるはずでしょ」

「じゃあなにか手を打ってくるかも」

「あてになりゃしないわよ」

イザベラは手を振った。鼻で笑うその態度ほど、戦術騎士団の手並みを信じていないわけでもないだろうが。

「このわたしが貴族共産会の連中に囚われるとはね。屈辱もいいとこ」

結局、苛立ちの主たるところはそれなのだろう。饐《す》えた眼差《まなざ》しで拳をさする。

「やっぱりあの時に徹底的にやり合うべきだった。半端に生かしておいたもんだから、これよ」

昼のことを言っているのではない。二十数年前の話だ。

それをついこの間のように言う教師に、マヨールもイシリーンも答えずにやり過ごした。

キエサルヒマ魔術士同盟と貴族共産会は、百年を超える歴史を経た敵対関係があった。らしい。

〝らしい〟というのがマヨールにとっては本音だった。天人種族の聖域から託されてキエサルヒマを統治していた貴族たちだったが、二十年前に聖域の崩壊で王立治安構想を失い、貴族たちは自らその統治の権利を手放した。逆に言えば自ら解体に動いたことで魔術士同盟との決戦を回避したわけだ。当時戦いの当事者だったイザベラに言わせれば「卑怯《ひきょう》な脱皮で逃げ延びやがった」となる。

どうして彼女がそこまで貴族を憎むのかというと、マヨールとしてはそれらしいことを想像するより他ない。イザベラ教師は昔、宮廷魔術士として貴族に仕えていた。聖域崩壊の騒動にも参加し、その中で仲間たちはあらかた命を落としたという。貴族連盟は彼女ら《十三使徒》の生き残りを王権反逆罪に問うた。魔術士同盟と貴族連盟は内戦状態となり、イザベラらはタフレムに逃れ、死者の名誉回復も為《な》されることはなかった。

その貴族共産会が息を吹き返したというだけでも、彼女には我慢がならないのだろう。同盟員としてマヨールもその危機感は分からないでもないのだが。

(どう全員ぶっ殺す?　か……)

キエサルヒマから遠く離れたこの地で、もう戦いは始まっている。

もはや無傷の落着はない。外がどうなったかは知らないが、前校長はリベレーターとの決戦を決意していたし、やり遂げただろう。可能ならここにも乗り込んで敵を殺すはずだ。

(娘が泣こうとも、やるんだろう)

革命闘士との戦いも――

自然、視線が一方を向いた。ラチェット・フィンランディは奥の自室で寝ている。

三年前、この家に泊まった時は一家が揃《そろ》っていた。この前来た時には末娘と母親しかいなかったが、それでもそこには家庭があった。

今は違う。ここにもうフィンランディ家と言えるものはなく、結界に閉ざされた村でガス人間に監視され、キエサルヒマから来た余所者がリビングで殺人の相談をしている。

と。

イシリーンが独り言のようにつぶやくのが、耳に入った。

「魔王術……わたしがもうちょい真面目《まじめ》にやってたら、違ったのかな」

自分の指先を見ながら、言っている。

マヨールは目を瞠《みは》った。というより、固まって動けなくなった。

その気配を察したのだろう。イシリーンが、はっとこちらを向く。

少々焦りの色を見せながらこう言った。

「な、なによ」

「いや、まさか君がそんな殊勝なことを……」

ぐっと狼狽《うろた》えて、イシリーンは後悔をのぞかせた。今度の後悔は、油断して口を滑らせたことにだ。

「殊勝ってなによ。わたしはただ、その……オトメ盛りの貴重な時間をこんなアホな結界だかなんだかで無駄遣いさせられてるのに苛ついてるだけよ」

「いやいいよ。でも君がそんな顔するなんて、世の中本当に変わったのかな」

「だーかーらーそーいう……あーもう！」

ごつんと腕をパンチしてくる。

照れ隠しとしては格別に痛かったが、それでもしみじみとマヨールはうなずいた。

「でも君が悪いわけじゃないよ」

「うー！」

再び腕にパンチを食らう。しかしマヨールはまたうなずいて、

「あって当然だったものを持ち忘れたわけじゃない。君がいてくれるのはなによりありがたいし……」

「がー！」

今度は肘撃ちだった。切れ味鋭く、痛撃は骨まで響いた。とはいえマヨールはどうにか耐え、

「こんな状況だからこそ、はぐれたりしなかったのが嬉しいよ。考えてみたらこっちに来て、俺がどうにかやってこれたのは君と一緒だったからだと」

「ぎー！」

みぞおちへの一撃はスタミナを深く蝕《むしば》む。だがマヨールは呼吸を整え、額の汗を拭いながら、

「できることはなにかを考えて、事態に対処しよう。君がいれば俺はどうにぎゃはッ」

「うらぁ！」

ついに顔面に膝蹴りが入り、鮮血が散った。だがマヨールは、

「いや待て。ちょっと待て」

ソファからずり落ちて床に膝をつきながら、どうにか防御姿勢を取って凶悪な敵に身構えた。イシリーンは重そうな壺《つぼ》を抱えてじりじり間合いを詰めてこようとしている。赤面

しながら、目には追い詰められた獣のような殺気がある。

そんなふたりを眺めながら、世にも冷たい眼差しで――

「お前らキモウザイ。煮込まれてろ」

ばっさりとイザベラ教師はそう告げた。

それで終わりそうな夜だったのだが。

まだ続いた。夜のしじまを裂くように騒音が響いた。

外からだ。マヨールはきょとんと、イシリーンと顔を見交わした。

それが爆発音か襲撃の音だったなら、対応はもう少し違ったろう。呆《ほう》ける余地もなかった。すぐさまに外に飛び出し、対処したはずだ。

だがイザベラですら立ち上がる前にしかめっ面で躊躇《ちゅうちょ》している。聞こえてきたのは音楽だった。楽器の演奏。ギター、ベースにドラム、そんなバンドの一隊が、家の外で猛烈な音を立てて演奏している……のか？

よく分からないまま、マヨールは玄関に向かった。イシリーンとイザベラもついてきている。ドアを開けると――

「ヘエエエエエエエエエイ！」

フィンランディ家の庭先で激しく踊っている男が、マヨールをいきなり指さした。

がっくんがっくん首を振り、腰を突き出しながら、

「シャイなネンネどもがよぉやくにお出ましダ・ゼ！　真夜中過ぎてパーチーにおいでま

して便所の注射針拾って残りモンを漁《あさ》ればいーさーハイ！　だがこのバンドマスター・鬼《オニ》は出遅れ夏休みデビューキッズどもも差別しなーい！　無差別博愛強制ノリノリついてこねぇのも鎖かけて夜通し引きずりだァハッハーッ！」

くるりと背を向けると、そこにはツノを生やした真っ赤な悪鬼の顔が描《か》いてある。ボディペイントだ。

まあつまり、上半身は裸だった。というか下半身も裸に近かった。虎縞《とらじま》のきわどいパンツと編み上げのハイヒールブーツ。ブーツに鉄錆《てつさび》色のトゲトゲがついているのは鉄棒《かなぼう》かなにかをイメージしているのだろうか。

なお、頭にはピンク色の爆発ヘアーのカツラをかぶっている。マヨールが困惑したのはそれと出くわしたからというより、そのバンドマスター・オニとやらが、どう見てもジェイコブズ・マクトーンだったからだ。

ＢＭオニの後ろにはバンドがある。バンドたちの格好は、オニに比べれば平凡だ。全員十代の女子のようだった。オニは順番にバンドメンバーを指さしていった。

「ではオイラのゴキブリゲンキなオナカマを紹介していこうじゃないの！　言っとくけど全員とっくに食っちゃってるよ！　親には内緒だ！　まずはギター！　生まれた時から弦が大好きヘソの緒をかき鳴らしてオギャアとシャウトしたナチュラルボーンロッカー！　オハギ！」

紹介されたギター……オハギ？　が高らかに楽器を掲げ、強振する。両目の周りだけを黒く塗った赤いモヒカンだ。

「そしてベース！　伝説はコイツから始まった！　なにが始まったんだかは誰も知らないが伝え聞くところによるとニワトリ四羽と牛一頭が関係してるらしいから多分丸呑みかなんかしたんじゃねえの？　ヨウカン！」

ベースのヨウカン——長い髪で陰気な顔を半分隠して、ボロンボロンと音を奏でるガリガリの女から、オニが最後に指名したのはドラムだった。

「ドーラーム！　地獄から蘇った超ド級メガトンリズム！　抱えた生活習慣病は二桁を超えるドラッグイーター！　集めた薬局のポイントカードは積み上げると星にとどくそうだ！　ギャラクティックトラベラー！　リーチフォーザユニバァース！　ラクガン！」

対照的に太ったドラムの女が、目にも留まらぬ手さばきでリズムを刻む。

全員紹介し終わって、オニがこちらを振り向いた。

「どーだい覚えたかい！　混沌《こんとん》の世界を引き裂き次世代の楽園へ導く永遠のメンバー、天空の放課後スイーツ！　しなびた脳に刻んどきな！　もう二度と会うことないけどね」

そしてパンツから拳銃を取り出し、三人の額を撃ち抜いた。

ばたばた倒れるメンバーをほっといて、オニはにこやかに銃をしまう。パンツに突っ込んだ後「熱っ！」と悲鳴をあげてから、

「焦げたー！　いいねいいねカルビの香りー。さあて！　夜通し踊ろう良い子のみんな！どしたのテメエラぴくりとも動かんじゃん。不慮の事故でバンドが全滅して音がないくら

いなんなのよーアカペラでやんな！　もしくはあれ。目ぇ閉じて耳ふさぐとなんか聞こえてくんじゃん。ほら……じーっとさ。なんか……囁き声。あれ？　なんか今日はピコピコ星のピコンちゃんのお話、あんまり聞こえないな」

耳をふさいでしゃがみ込んだＢＭオニを、呆然《ぼうぜん》と眺めて。

立ち尽くすマヨールを押しのけて、イザベラが前に進み出た。早足ですたすたと。いや、近づいたというより突進した。距離を詰めると足を振り上げ、踵落《かかとお》としで首を狙う。一撃で殺すつもりだ。が。

不意にイザベラとジェイコブズの間に人影が現れた。実体化したガス人間が三人で、イザベラを後ろに押し返す。虚を突かれたイザベラは尻もちをついた。ガス人間は剣を抜き、イザベラの首、胸、目に剣先を突き付ける。

「実に……単細胞」

ガス人間らの背後で、ゆっくりと。

笑みを浮かべてジェイコブズが身を起こした。

イザベラを見下ろして嘲笑《あざわら》うその顔は、もはやバンドマスター・オニのものではない。

メイクは落ちていないが。

「わたしの所有する世界での生き方を分かっていない。だろうと思ってたけどね。まあ、じっくり学べばいいんだが」

イザベラを人質に取られた形で、マヨールも動けなかった。いつの間にかバンドの死体がない。どうやらあの三人がガス人間だったようだ。

油断といえば油断だったのだが。マヨールは腑《ふ》に落ちなかった。

「なにをしに来たんだ」

訊ねる。

ジェイコブズはびっくりしたようだった。

「なにしに？」

目を見開いて額をぴしゃりとやると、これは参ったという顔で、

「だってもう暇だろう。やること終わったし。勝ちも決まってしまってはね」

「…………」

「帰るぞゴミクズども」

手を振ると、ガス人間らが剣を収める。

そのままイザベラには目もくれず、さっさと退散していってしまった。

転がった楽器（これは本物だったようだ）を残していく彼らを見送って。尻をはたいて立ち上がるイザベラに、イシリーンが手を貸している。マヨールも近寄ると、イザベラ教師はつぶやいた。

「で、どう殺す？」

「案外、簡単ってことはなさそうですね」

他に言い様もなく、マヨールは答えた。

6

キルスタンウッズは開拓地にあって、少々空気が特殊な村だ。

そもそも開拓村なのか？　元々ここは開拓資材の集積場であって、村として作られたのではない。少なくとも農村ではないのだ。都市と、多くの開拓村を結んで資材が行き来するので、ここで食糧を生産する意味はない。農地がなく、人と物が集まる場所ではあるのに、都市化はしない。たびたび移転するからだ。

キルスタンウッズはここ十年で二度、引っ越しをしている。開拓のトレンドが変わるたびにだ。東により多くの馬車を走らせなければならなかった時にはそちらに寄っていたし、そこが一段落してこれからは北となれば、効率の良い位置に移動する。

キルスタンウッズ開拓団の成功は、こんなどうということもない効率の積み重ねだ。たとえばボニー・マギーは馬車の修理を魔術士に依頼した。これで馬車の寿命が全体で倍に増えた。他にも、資材を村に売って済ませるというのではなく、資材は使用されるまでは貸与しているだけとした。これは村に置かれている資材を突然取り上げられることもあるのかと反発を呼んだが、逆に言えば無駄買いがなくなる。キルスタンウッズは村々に分散した備蓄を持っているようなもので、遠方の村で資材が足りなくなればその近隣から緊急にスライドさせていくことが可能だ。開拓村の負担が軽くなって成功率が上がれば、それはキルスタンウッズの利益率も上げることにもなる。

これだけならば理想論的に健全な話だろうが、常に効率化の敵となるのが人間の平穏と執着だ――効率を求める時、大衆の性根と敵対する横暴な力が必要となる。ボニー・マギーにとっては〝物言わぬ楽団〟がそれだ。

そしてこの黒服の一団がもっぱら、黒薔薇《くろばら》の暗黒王の悪名を高めている。

黒薔薇館（またの名を億羊の家）のロビーに突っ立って、まだ数分ほどだが。シスタは既に据わりの悪さを感じていた。

腕利きの魔術戦士として名を馳《は》せるシスタは、たとえここがカーロッタ村であろうとも威厳を保てる自信がある。

この黒薔薇館（またの名を舌裂き館）で、暗黒女王ボニーが元夫を三人殺して裏庭に埋《う》めているからといって、なんだというのだ？　頭蓋骨をくり抜いて作った器でワイン――もしくはワインに似たなにかの液体――を飲んでいるからどうしたと？　自分はもっと恐ろしいものを目にしてきたし、過酷な戦いも切り抜けてきた。

つい先日、ラポワント市で大勢のヴァンパイア革命闘士をぶち殺した自分だ。そんなシスタが、どうにもじっとしていられず足の甲でふくらはぎを揉んでいる。幾度となく身体の向きを変えて床と天井を見比べていた。面接に緊張する女子学生のように。

仲間たちは――こいつらを仲間と考えるならだが――なんの頼りにもならない。マシューはロビーの隅に目立たず立っている黒服の男にガラ悪く近寄り、斜め下から睨《にら》みつけてア？　ア？　と奇声をあげている。物言わぬ楽団の男……楽団員とでも呼ぶのか？　はまったく相手にせず無言のままだが、さすがに貼り付かれて迷惑そうではある。大きいサングラスのせいで顔色も分からないが。

驚くべきことだがビーリー・ライトはもっとタチが悪い。別の楽団員を捕まえて、くどくどと無益な説教を続けている。屋内でサングラスは目に悪い、から始まって、あと楽団はそもそも別にあんまり歌わないんじゃないか？　歌うのもあるかもしれないが、なにをことさらに物言わぬのをアピールしているのか……（相手にされていない）

シスタだけがその両者から離れて、じっと静かに待っている。気まずさの半分以上はこいつらのせいだった。

そう。楽団員はロビーを取り囲むようにして、三人を見張っている。こんな夜半、しかも約束もなしに押しかけたのだから仕方ないといえば仕方ないが。シスタは胸の内で何度も、この会合は重要な意味を持つのだと言い聞かせた。現在の戦術騎士団には、開拓地全域をフォローする戦力はない。キルスタンウッズと手を組めれば革命闘士への牽制《けんせい》になるのみならず、他の三魔女にも影響する。ついでにそれを、前校長やクレイリー、ブラディ・バースといったはみだし組ではなく、エド隊長の筋である自分たちがやるということにも意味がある。

プライドを持って臨もう。人からは分からない程度に背筋を伸ばし、腹をくくった。

幸いにも再び意気がくじけないうちに、やがて。

ホールの奥から魔女が現れた。

艶《つや》やかな黒いドレスに豊かなブロンド。首と肩にはスパンコールの煌《きら》めくショールが躍る。真っ赤なネイルの指先に長い煙管《きせる》をつまみ、とろんと眠たげな瞳から覗《のぞ》く視線は必ずしも半睡というわけでもなく、むしろ情熱を湛《たた》えていた。

歳《とし》はいくつだろう。四十ほどか。豊満な身体の線と肌は若い血液を擦り込んで維持しているという噂《うわさ》もあるが、真実かどうか。実際に目にしてみると、ないこともなさそうだと感じる。血のように深い色のルージュのせいかもしれない。

黒薔薇の暗黒王ボニー・マギーが現れると、忠実な楽団員らの緊張も変わったようだ。主に有能さを見せようとしたというよりは、なによりも主人を恐れているからか。ボニーの傍らにはひとりの男が付き添っていた。傍らといってもやや後ろに控え、影のように。タキシード姿の銀髪の……執事だ。

その男が何者であるかを、シスタは知っていた。もちろんただの執事などではない。有名な男だ。

ボニーは前に出ると、ロビーで待つ三人の魔術戦士を品定めするように見回した。一応、年長者だからかビーリー・ライトに近づいていく。ビーリーも楽団員への無駄な説教だか難癖だかをやめ、館の主人を待ち受けた。

「こにちはー」

ふわりとお辞儀するボニーに、ビーリーは堅苦しく応じる。

「自分は戦術騎士団のビーリー・ライトです。魔術戦士の代表としてお願いに——」

「おけーい。なんでももってってー。これいる？　よくひかるのー」

ビーリーの顔に、ボニーのかけていたショールが覆い被《かぶ》さる。

ボニーはふらふら頭を巡らせると、今度はマシューに目をつけた。

「あらあ。ぼっちゃーん。こわいめー。えい」

「ぎゃっ」

二本指で目を突かれ、マシューが膝をつく。

戦術騎士団では一、二を争う体術の冴《さ》えを見せ、喧嘩《けんか》上等を自負するマシュー・ゴレなのだが。それがあっさり隙を突かれた。涙を抑えるマシューを見下ろし、ボニーは指さしてけたけた笑っている。

シスタはようやく理解し、うめいた。

「……泥酔？」

「はい、そのようで」

答えたのは銀髪の執事だ。しごく冷静に主人を見守っている。

彼に向き直ってシスタは訊ねた。

「どんだけ飲んだの」

「いつもの、寝酒を一杯だけですが。お弱いので」

「正気にもどせない？」

「朝までは無理ですね」

冷静というよりは単に無関心なのかもしれないが。

ケリー・マッケレルは感動もなくそう言った。

この男はマギー家の使用人だ。十数年来、この黒薔薇館（またの名を道具倉庫……毎週用途の不明な大量の鋸《のこぎり》や釘《くぎ》といった大工用具が納品されているという噂からだが）に仕えているというが、ただそれだけではない。

彼は魔術士である。キルスタンウッズの馬車修理を引き受けた最初の魔術士だ。また、ボニーの身辺を守る役も負っているというが。

「じゃあ無駄足か」

シスタが毒づくと、ケリーは肩を竦めてみせた。

「そうですね。当方はこの戦いが始まる前から戦術騎士団に協力して革命闘士の動きを追っていました。今さらなにをしに来られたので？」

「………」

相手の嫌みを噛み締めてから。

シスタは告げた。

「状況が変わったからよ」

「変わりましたかね？」

ケリーはさらりと皮肉を継いだ。

「魔王オーフェンは壊滅災害をとっくに予期していたようですが」

「わたしたちはリベレーターを撃破して――」

「大勝利をアピールするつもりだったのが一転失態となって、こちらが心変わりしたのではないか不安になって確認に？」

本当に鬱陶しい。図星であるところが余計に。

シスタは息を詰めた。執事に詰め寄り、囁く。

「開拓民に恩を売っているキルスタンウッズは、ラポワント市や大統領邸よりも寝返りが楽でしょうからね」

「そうお思いでしたら確認していただいてよろしいでしょうが……それで、いかなる方法で確認を？　誰ぞの顔に書いてありますかね？」

「…………」

ケリーの顔面に書いてあるのは露骨な侮蔑だ――おろおろ狼狽えてこんなところに出向いてしまった魔術戦士に対しての。

鏡でも見た心地で、シスタはいったん目を伏せて距離を置いた。

無駄足も無駄足だ。馬鹿面を下げてやってきてしまった。この執事が正しい……客への態度は執事としてどうなのかとは思うが。確認など馬鹿げている。キルスタンウッズが敵に回るとしてもそれを見抜く方法はない。

「それよりも」

と、ケリーが話を変えた。遠い目で壁と天井の間あたりを見ている。

「将来がどうの、などというのは夢物語で。もっと地に足の着いた問題が差し迫っていると思いますがね。物不足、流通の滞りがそろそろ出しゃばってくる頃ではないですか」

「それはこちらにどうにかできることでは――」

言いかけて、シスタは相手の視線を追った。

「闇市を仕切らせろと言うんじゃないでしょうね？　開拓地だけじゃなく、都市にも乗り込むつもり？」

キルスタンウッズは開拓地に強みを持つギャング組織だが、都市部にはもっと古くからの複数の組織が根を張り、複雑な力関係を作っている。

主にはカーロッタ派の革命闘士絡みだ。市長のサルア派、派遣警察隊、さらにはサルア派の革命闘士というのも存在する。

暗黙の了解でキルスタンウッズはラポワント市やアキュミレイション・ポイントの勢力争いには一切関わってこなかった――少なくとも表向きには。それで余計なパワーを割かずにきた一方で、都市発の流通の不都合も被ってきた。

「ふほーほほほつかまえてごらんなっさーい」

ふわふわとホールを横切るボニー・マギーを眺めながら（なお、誰も追いかけていない）、シスタはケリーの言葉を待った。

執事は姿勢も変えないまま、

「全面戦争をする体力はございません。暇もありませんし。街ギャングと手を組みます」

「そんなことができるならとっくにしていたでしょう」

「状況が変わりましたので」

嫌みを繰り返しながら、やはりケリーはにこりともしない。

シスタは頭の中で図を描《えが》き直した――相手の考えの想像図だ。最後に形になったことを口に出した。

「壊滅災害を利用する気でいるのね」

「組織の多くはラポワント市から逃げ出す算段でしょう。慌て者の市議員や資産家も。キルスタンウッズの輸送馬車や船への申し出が溢《あふ》れるほどで。誰がどこに逃げたがっているか、おおむね把握できております。これでことが無事に済むようなら、我々の手には面白い資料が残りますな。各自持ち出す資産がどれくらいのものなのかも分かりますのでね」

「その話、わたしたちがどう関係するの？」

「我々が看板を下げて街に乗り込むのはトラブルが多い。その点、あなた方は今、市議会の下《もと》も離れて好き勝手の治外法権です」

具体的には？　と訊くべきだったのだろうが、これ以上相手に馬鹿扱いされるのを避けて、言わなかった。

どうせ明言はしないだろう。できると思ったことをしていただければ、とでも言ってくるだろうか。戦術騎士団はラポワント市内の革命闘士と戦闘状態だ。見つけ次第殺せと命じられている。街ギャングを意識して標的を捜したとしても、やることは変わらない。

見返りは、キルスタンウッズからの……信頼だ。命綱と言い換えてもいいが。今のところ戦術騎士団は彼らを利用するだけで、なんの恩も返していない。そのツケはこういった形で現れる。

極めてよこしまな話だが、法外な要求とも言えない——そのことがなおさらぞっとするのだが。

同じように返事は明言しないまま、シスタはつぶやいた。

「……執事なんかの考えることじゃないと思うけど」

「無論、すべてボニー様のお考えで」

澄まして告げるケリーの視線の先で。

黒薔薇の暗黒王がその場でくるくる回転しながら、甲高い声で歌い始めていた。

7

この原大陸でブラディ・バースなる人物と再会した時には、その数年前にちょくちょく出入りしていた宿屋の息子のことなど忘れていたのだが。

覚えていたとしても、そんな少年と貴族殺しとして騎士軍の虐殺に参加した魔術士とを結びつけることができたかどうか。

それは魔術士という人種の恐ろしさを実感させた話でもある——彼らがその気になればどれほどの脅威になるか。そんな例は他にもある。手伝いをさせていた年下の魔術士が、ほんの一年後にはキエサルヒマの体制を根底から破壊した魔王になって現れたのも、にわかには信じがたかった。

コンスタンス・マギー・フェイズは現在、派遣警察隊の総監だ。

これも余所から見れば、大層な変化と思われるのかもしれない、とは思う。キエサルヒマの派遣警察を辞めたのは結婚も理由のひとつだが、騎士軍の危うさを察したからでもある。

貴族連盟の支配が崩れる予兆は以前からあった。〝最接近領〟なる謎の機関が存在を明かされたのはのちのことだったが、内部にいる者は騎士軍派遣警察が看板通りの組織でないのを知らずにいることこそ難しい。諜報《ちょうほう》は血の溜まった泥沼の世界だ。おぞましいが、その血は誰の身体にも流れており、逃れられない。

ラポワント市と開拓地でもそれは大差ない。コンスタンスの仕事は派遣警察隊を率いて原大陸の治安を守ることだが、それも看板通りのことと言えるかどうか。実態はサルア市長を押し立ててカーロッタ派を牽制する役割だ。

話し合いの場にコンスタンスが選んだのは、商業区にある出先のオフィスだった。本庁舎に通したくない相手と話さないとならない場合に、よく使っている。状況を思えばこんな街中まで魔術戦士を出向かせるのは危険だったが、学校がこちらを入れようとしないのだから仕方ない。

コンスタンスはひとりで、三人の相手と向き合っていた。向かいの中央に腰掛けているのがブラディ・バース――戦術騎士団の、現在の頭目だ。その両側に若い娘がひとりずつ立っている。そちらも知っている顔だった。魔王の娘、ラッツベインとエッジだ。

（顔色が優れない……）

と、ラッツベインらを見て、コンスタンスは思っていた。疲労か、気苦労か。

この期に及んでご機嫌な顔をしているわけもないのだろうが、ふたりのことは赤ん坊の頃から知っている。あの時代だって状況は明日をも知れぬものだった。子供たちはなにも考えず、ただ笑ったり泣いたりしているだけだったが……

ブラディ・バースはもう少し落ち着いていた。へその上に手を置くような体勢で、ゆっくりと口火を切る。

「ぼくが出向いた理由は、お招きに応えてというのもありますが……魔術学校の教師として、あなた個人にご報告があるからです」

戦術騎士団を呼びつけたのはサルアの側だ。が、その前にこの話があるだろうというのは、コンスタンスも予期していた。

「当校で預かっていたご子息は行方不明です。最後の消息から、ラポワント市を出て、ローグタウンに向かっていたものと思われていました。そこまでは……？」

「こちらも把握しています」

やや堅苦しく、コンスタンスは告げた。

ブラディ・バースがうなずく。

「その後、生存が確認されました。サイアンはローグタウンで無事です。ただし、結界から出ることができずにいます」

彼はコンスタンスの顔をじっと見て、こちらが落ち着くのを待ったようだ。それか、泣き濡《ぬ》れてくずおれるのを、かもしれない。

コンスタンスはただ身じろぎもせず、相手を見つめ返していた。ブラディ・バースは話を続けた。

「ラチェット、ヒヨはご存じですね。あとは三名の魔術士とともにいます。結界内部から情報を送ってきたのはラチェットです。手段については説明できません。魔術士としての、彼女の特殊な才能としか」

「息子の心配はしていません」

そう答えた。

強がりに聞こえたか？　と思い、言い直す。

「かえって安全な場所かもしれませんしね」

壊滅災害――神人種族の脅威については、コンスタンスも身に染みている。ニューサイトの壊滅はいまだ忘れ得ぬ光景だ。

ローグタウンの結界の中にいれば、少なくとも神人種族だけは防げる。中の状況がどんなものであろうと、神人種族に出会うことに比べれば、それを上回る危険などそうそうない。

もちろん、ただの皮肉だが。

魔術戦士らは決まり悪げに身じろぎしたが、一瞬のことだった。

「結界内にはリベレーターの生き残り、ジェイコブズ・マクトーンに率いられる一隊も入っています。結界を作ったのはこの人物の用意した、天人種族の模造クリーチャーです」

ブラディ・バースの述べた事情は、コンスタンスもある程度掴んでいた。大統領邸から回ってきた情報だ。

「開拓公社のジェイコブズ」

コンスタンスのつぶやきに、ブラディ・バースは反応した。

「よくご存じで？」

「いいえ。開拓事業に噛んで、前から名前は出ていたけれど、表で暴れるタイプではないのでね。あまり良い評判は聞きません。味方にも鼻つまみ者の類、かしら」

話しているうちに、頭を占めるものが息子の安否から仕事に寄っていくのを感じた。

それは不快だが、実用的に振る舞わねばならない場面だ。思い出したせいもあって、姉の視線が背筋を撫《な》でた気がする――大統領邸を仕切っている姉ドロシーは、この状況を単なる災害とは考えていないはずだ。原大陸の抱えた病巣を切り取る契機と捉えている。キエサルヒマに対し拒絶と別離……つまり独立を宣言できる体制を整えるための。

そのためであれば旧知の友でも切り捨てられる。姉はそうなのだろうが……

つきたい時にため息もつけず、コンスタンスは息を止めていた。簡単な立場ではない。今の自分は〝鬼のコンスタンス〟だ。

「だから捨て石の役に回されるのも不思議ではないわね。それは死んだヒクトリアも同じですけど」

その両者は約二十年前、破綻した王立治安構想に固執することはかえって危険だと唱えて貴族連盟の解体に舵《かじ》を切らせた。それが魔術士同盟との決着を回避させ、貴族たちを生き延びさせたのだが、裏切りの誹《そし》りも受けてきた。

「結界にいる三人の魔術士……というのは、キエサルヒマから来ていたという連中？」

今度はコンスタンスが質問した。

ブラディ・バースはうなずいて認めると、話を進めた。

「《牙《きば》の塔《とう》》の魔術士で、うちのひとりはぼくもよく知っていますし、信頼できます。準備が整い次第、我々は結界内部に攻撃を仕掛けます。成功すれば結界は消え、壊滅災害の回避が可能です。残る問題はカーロッタです」

「対決は避けられない？」

「はい。戦術騎士団はカーロッタ派と決着をつけます」

部屋の片付けでもするような口調だったが。

腕組みした腕に自分の爪が刺さるのを感じながら、コンスタンスはうめいた。

「どれだけの流血を覚悟しているの?」

「敵の血のすべてか、我々の血のすべてか。まあ、どっちでしょうね」

「どちらかじゃ済まないでしょ」

腕を離して、コンスタンスは相手を睨みつけた。

「無関係な人こそ犠牲になる。リベレーター撃破の代償、忘れさせはしないわよ」

破壊された市街の復旧はまだまだだ。魔術士が協力を拒んだこともあり、被害はさらに広がるだろう。

「負けておくべきだったかな。それなら代償を支払うのは向こうだった」

魔術戦士の言い草は、さほど冗談でもなさそうだった。

コンスタンスが言い返す前に、さっと続けてくる。

「我々に覚悟を問わないで欲しい。我慢を続けてきたんです。今回も、壊滅災害が絡まなければ手打ちにもしたでしょう。タブーを踏み越えたのはカーロッタですよ」

寝ぼけたような目だが、奥にあるものは存外、鋭い。

激しい怒りだ。冗談でもブラフでもなく、本気でやるつもりなのだろう。

壊滅災害に対処することが、戦術騎士団の本来の機能だ。法的にも認められ、求められたことでもある。

だが。怒りはこちらも同様だ。コンスタンスは押し殺した声で告げた。

「魔術戦士が、街で市民を殺害している件については？」

「ラポワント市には革命闘士が多数、潜伏しています」

「議会の監視も受けていない状態であなたたちは暴走している！」

「市議会はカーロッタ派が多数です。カーロッタは仮面を捨て、壊滅災害への関与を確定させました。我々はもはや市議会の支配を認められない」

「そんなに都合良くできるものですか！　それなら――」

と、吐きかけた怒鳴り声を静める。

ゆっくりと噛み締めるように、告げた。

「それなら派遣警察隊も黙ってはいられない。魔術学校に突入して戦術騎士団を逮捕せざるを得ない」

「校内に立ち入れば問答無用で対処します」

「わたしたちが恐れると思わないで。対魔術士の装備を固めた精鋭を用意できる」

相手の目を見据えて――

数秒の沈黙。言葉が激しくなるほど実際の感情とは遊離していく。状況だけを言えば息子は人質に取られているも同然だ。息子の安全を相手に任せるしかない状況で、コンスタンスの脅しはいかにも滑稽に見えただろう。

そしてこのブラディ・バース、いやマジクも。温厚な外見とは裏腹に、彼ほど反魔術士組織を憎んでいる者もいない。というより非魔術士をもだ。少年の頃からトトカンタの悲惨な戦いを経験し、原大陸に渡ってからカーロッタ派と最も過激に戦った魔術士のひとりだった。

彼はうまく素知らぬ顔を装っていたが、戦いたくて仕方がないはずだ。それを両脇の部下たちふたり、魔王の娘たちは察しているのかどうか。青ざめて、一触即発の成り行きに落ち着きを失っている。

それでも立場を貫かないとならない。それが立場だ。

コンスタンスは話を続けた。しかし、ここからはいくらか本心に近いもので、気が楽だ。

「……あなたたちの目指しているものがなにか、それが知りたい」

「というと?」

「カーロッタ派を打倒したら、戦術騎士団は敵なしになる。ラポワント市議会を一掃して市長も追放すれば、原大陸はあなたたちのものになるかも」

「ぼくらのものにはなりませんね。それが分からないほど馬鹿じゃない」

マジク・リンは手を振って、薄笑いを浮かべた。自嘲のように。

「ぼくは戦術騎士団の古株です。最古参のね。ずっとあの連中を見てきた。自尊心ばかり高くてまとまりのない田舎《いなか》ヤクザどもだ。支配者なんかになったら身の破滅だ」

「それは保証にならないわね。かえって危なげに聞こえるけど」

「もうひとつある。我々は予想以上に無能で非力です」

彼はさらりと言ってのけた。

「この戦い、各所に大きな借りを作らないと勝てない。あなた方にもね。戦いの後を心配するなら、その貸しを大いに利用するといい」

「………」

それを分かっているのなら。

呑み込んで、コンスタンスは上げかけていた腰を下ろした。

「わたしたちに望むのは？」

「主には、我々の活動の黙認です」

「市民の殺害をということなら、無理よ」

「当然ですね。こちらも、それを良しとはしませんよ……市の監視を受け入れます。ただし市議会は駄目です。派遣警察隊から監視と記録の人員を校内に入れることを認めます」

ひととき、考え込んだ。というよりそのふりをした。

どうせ最初から用意していた妥協点なのだろうが、こんなところだろう。こちらも予測して、人選も済ませてある。ジャニス・リーランド率いる内務調査係、及び対ヴァンパイア、対魔術士を想定した拳銃隊は危険な役目にも対応できる。

騎士団の暴走を牽制する他、内部に入れば致命的な情報のひとつふたつも見つけ出すだろう。その情報はすべてが終わった後、然《しか》るべき者が利用することになる。

（大統領邸の喜ぶ筋書きよね……）

それがまた頭の痛い要素ではあるのだが。断るわけにもいかない。

あとは、同意と提案を交互に繰り返した。騎士団側から求められたのは学校に立てこもった避難民が飢えないだけの補給の確保、反魔術士団体にも騎士団と同等の監視を行うこと、キルスタンウッズと戦術騎士団が共闘するのを責めないこと、等だ。どさくさにスウェーデンボリー魔術学校教員の給与算定基準引き上げも呑まされそうになったが、どう考えてもコンスタンスに権限がないので拒否した（マジクは悲しげだった）。

もっとも呑んだ話のほとんどすべて、コンスタンス個人に権限があったわけではない。事前に市長と協議の上用意してあったものを同意していったに過ぎない。

すべての話を終えるまで一時間もかからなかった。この場では文書にもまとめないが、いずれ自然に――ぞっとするくらいいつの間にか――この件に関する書類がどこかから紛れ込んできて、さも元々あったかのようにキャビネットに収まることになるのだ。それこそ魔術のように不可思議にも。

組織と政治の怖いところだ。自分がそれを利用する立場でいる時は良いが……もし、そうでないとしたら？　考えるだに恐ろしい。

部屋を出て行こうとするブラディ・バースに、コンスタンスは問いかけた。

「オーフェンが来なかったのは、なにか理由が？」

確かにサルア市長が呼びつけたのは戦術騎士団総司令で、彼はもうそうでないのだから正しい話ではあるのだが。

それでも肩越しに魔術戦士は、含み笑いを見せた。

「あなたのほうもサルア市長が席にいない」

「多忙よ」

「ぼくらもです」

「これでもし、あいつが姉さんのほうに行っているなら、市長は怒るでしょうね」

「そんなことあるわけがないでしょう」

彼は断言した。

8

「ドロシー・マギー・ハウザー!」

大統領邸内に出現するなり、オーフェンは声を張り上げた。

「ドロシー・マギー・ハウザー! 出てこい!」

大統領邸の中枢である大統領邸は——という呼び方もややこしいものだが、他に言い様がない——文字通り、大統領一家の住まいだ。

ただし執務室に数百人の職員のオフィス、応接室も複数、避難所までも含めて規模は要塞並みだ。アキュミレイション・ポイントを見渡せる上座区・岬の牙に位置し、要害堅固の建造物だった。軍警察の本拠地は工業区だが、ここにも防衛に十分な人数が詰めている。最近暴動があったため、警備の規模は増えているだろう。

　どのみちオーフェンは邸内、それも玄関を飛び越えたホール内に直接空間転移したため、関係なかった。忽然《こつぜん》と姿を現した魔術戦士の姿に、書類束の入った箱を抱え歩いていた職員が呆気《あっけ》に取られ、荷物を落とした。別の職員は悲鳴をあげ、さらに別の職員はそいつを突き飛ばして奥に逃げた。

　オーフェンは視線だけで周囲を見回した。身体は臨戦態勢に構え、全神経を研ぎ澄まして敵に備える。それも最悪クラスの敵だ――

　シュッと。

　頭上に圧を覚えて、すぐに跳び退いた。その鼻先を掠めて小さく黒い影が飛び降りてくる。ただ降りただけではない。打ち下ろされた踵に、危うく顔面をこそぎ落とされそうになった。

　余計なことは考えまい――とオーフェンは己に命じた。広いホール、二階もない高い天井から、その女がどうやって飛び降りてきたのか。壁を伝って天井に登ったか、それとも想像もしないような手がなにかあるのか。

　知れたものではないし、考える暇もない。とにかく退いた速度を足で擦《こす》って右方に回転した。飛び降りてきた女がすぐさま跳躍して追撃をかけてきたからだ。前蹴りと後ろ回し蹴りを同時に繰り出してくるような無茶苦茶な動きだというのに、スムーズで速い。上体を前後させてかわしたオーフェンだが、反撃の機会を掴めなかった。

女は小柄だ。髪を伸ばしていた頃よりもさらに小さく感じる。きっちりしたスーツ姿、動きにくいことこの上ない格好でポップコーンのように飛び跳ね、連続蹴りをきっちり上下へと撃ち分けてくる。

アーバンラマの三魔女の長女、大統領邸の黒豹《くろひょう》、空飛ぶ鉄鞭女《てつべん》──まあ呼び名はどうでもいいが。

「痛っ……！」

拳を肘で受ける。どういうことか、肘で受けた自分のほうが痛撃を受けた気がする。

痺《しび》れる骨を抱え、ふらつき、そして──

ようやく見つけた隙に拳を突き出した。

オーフェンの拳はドロシーの脇腹を撃ち抜いた。

どん、だん、とゴム鞠《まり》のように跳ねて、ドロシーは身体ごと転がっていく。壁にぶち当たってようやく止まった。職員らの悲鳴が一層大きくなる。それが、大統領夫人が転げ回ってぶっ倒されたことによるものか、これからまた別の惨劇が始まると予感したものか、それは分からないが。

頭を抱えてめまいに抗《あらが》いながら、ドロシーが起き上がる。

オーフェンも、まだ肘を撫でて痛みが抜けるのを待っていた。

乱れた髪を振りながら、ドロシーは吐き捨てた。

「接触してくんなっつってんでしょうよ。アホなの？」

「てめえらの都合ばっかりで言ってんじゃねえよ。どっちがアホだ」

言い返すのだがドロシーはまったく動じない。仏頂面で断言してみせた。

「あんたよ。こっちの都合が優先するに決まってるでしょ。こちとら、お役所やってんの。下請けはお上が死ねっつったらなるべく早く死になさい！」

びし、と親指を床に向ける。

しんと静まり返ったホールで、彼女はぐるりと周囲に視線を投げた。言葉はないが猛然と意志をこめて。ぱち……ぱち？　と微妙に躊躇《ためら》いがちにだが職員たちが拍手を送る。ドロシーは無表情に、またこちらに向き直った。

「社会不適合者と弁護士と税金未納の奴はさくさく昼寝気分で死ぬといいわよ。あんたどれ。まあ誰でも大体どれかでしょ」

「母さん！」

職員らを押しのけて、ヴィクトールが飛び出してきた――ドロシーの息子で、つまりは大統領の息子だ。ここで働いている。

母親の横に駆け寄ると、呆れたように声をあげた。

「母さん、思ってることは人前では言わないって、約束じゃないか！」

「許してリトルパンプキン。母さんはね、嘘《うそ》がつけないの」

「じゃあなんで約束したの！」

「そういえばなんで約束させられたのかしら」

「大衆に番号を割り振って素数の奴は処刑したら世の中よくなるかしら、なんて言い出したからだよ！」

「すごく良い案……」

うっとりし始めるドロシーに、ヴィクトールは自分の髪を掻き毟《むし》る。

「あーもう！　どうして！　母さんがそんなだから世論調査も大統領制度を〝支持する〟〝支持しない〟はともかく〝関連は分からないが子供や犬が泣きだした〟なんてのが三番手に――」

「選対本部を作って対処させるから平気。洗脳薬を調合中だから少し待ってて」

「洗脳って言った！」

「大統領と議員の選挙制度なんてまだ準備すらできてないだろ」

遠くからぼやく心地で、オーフェンはつぶやいた。

ようやく痛みの抜けた肘をさすって嘆息する。

「この騒ぎでまた十年は延びた。感謝してもらってもいいくらいだと思うがね」

「だからアホだってのよ。うちの大統領が望んでるのは第一回の選挙で圧勝して任命されること。ニューホープ壊滅のどさくさで地位を手に入れて今度も同じ手口で延命したなんて陰口を一掃してね」

こちらを向いたドロシーに、オーフェンは首を振った。

「それが本気なら、戦争中だろうがなんだろうがやればいい。票を読めないうちは戦えないんだろ。なにが嘘をつけないだ。綺麗事を言うな」

「…………」

ドロシーの面の皮はびくともしなかったろうが。

すっと上げた指をぱちんと鳴らして、職員らに告げた。

「騒がせたわね。見世物はおしまい。仕事しなさい」

みなきょろきょろと、互いがどうするかを確認しながら……足早に仕事にもどっていく。息子もそれは同じだった。去り際に一言言い残していったが。

「敵を作らないでよ！」

それは無理だろう、とオーフェンは胸中でつぶやいた。ドロシー・マギー・ハウザーの根っこは政治屋ではなく実業家だ。優れた経営者とは到底言い難いが、敵の存在だけは見逃さない。対外的にも身内の中にも。

この戦いでカーロッタ派はもとよりラポワント市議会まで排除しかねない魔王オーフェンは目下、一番厄介な敵であるはずだ。壊滅災害に対処させねばならないが、成功すれば大統領邸の権威などものともしない英雄にもなる。ニューサイトの時とは違って、魔王術の存在は公のものとなってしまった。

エドガー大統領を台頭させた最大の功績はニューサイト壊滅災害での英雄的指揮によるものだが、それも今になって戦術騎士団に奪われる可能性があるわけだ。

（危険視しないほうが甘すぎる、か）

不服そうに去っていくヴィクトールを見送っていると、ドロシーが近寄ってきた。

「小馬鹿にした目でうちの野菜を見ないでくれる」

「馬鹿にはしてない。毛嫌いはしてる」

「クソ娘がふられたくらいで」

「娘はふられてない。戦術騎士団最強の魔王術士の弟子で師匠に匹敵する力を備えた実質最高位の魔術戦士と、そっちの使い走りのバイト小僧がつり合わないだけだ」

「ほほぉう。ヴィクトール大統領閣下になってもそれが言える？」

「本音が出やがったな。世襲制にする気か？」

「ケリつけとく？」

「確かにそういう問題は親が腕力比べで片をつけるべきことだが」

額がくっつきそうな距離で睨み合いつつそう言いながらも、オーフェンは顔を離してかぶりを振った。

「殺し合う理由なら他にも山ほどある。どうせやるならそっちにしよう」

「そうね。ついてきて」

言うが早いか歩き出す。

猛烈に突き進んでいく競歩のような歩き方についていきながら、小柄な背中を観察した。彼女が向かっているのは自分のオフィスだろう。大統領補助官のうちで個室が与えられているのは数名だが、彼女はその筆頭だ。家族経営が揶揄《やゆ》されることを避けて、公的な官位は筆頭補助官ではないが。

　補佐官や司法専門家、立法連絡官など各種の官職が混在し、大統領邸の組織はかなり分かりづらい。必要があるたびに新しい役割が生じるが、減ることがないのだ。大統領邸は原大陸自身に対しては、各地の権威をまとめる行政府であり、またキエサルヒマに対する外交の担い手である。彼らの宿願はこの役割を一本化することだ――つまりキエサルヒマが原大陸になにか望むなら大統領邸を無視できなくなること。一介の市議員であるカーロッタや、ましてやただの校長である（今はその校長ですらないが）オーフェンに直接話をするほうが話が早いようでは、指揮系統が成り立たない。

「リベレーターの件では失敗したな」

　まだオフィスに着く前から、オーフェンは告げた。

　ドロシーはぴくりと頭を回しかけ――無視するかとも思えたが――こうつぶやいた。

「奴らの真意を見抜くまでねばったことが？　直感でやるわけにいかない」

「手遅れになってまで議論を尽くすのは議会の奴らの仕事だろ。お前らまで見切りの責任を避けたらおしまいだ」

「一六勝負は開拓までの戯《ざ》れ言《ごと》よ。うまくいった以上、もう全額は賭けられない」

「それはそうだろうが、俺も同じ失敗をして、騎士団を敗北させたんだよ。だから嫌みを言っている」

「それは見方が違うわね」

彼女はきっぱりと告げて、足を止めた。

オフィスに着いたのだ。扉を開けると、眼差しを残して中に入っていく。

「あんたはもっと手ひどく負けるべきだったのよ」

その言葉に刺され、胸に染みた痛みは、立場の違いかと最初は思った。

オーフェンにとって戦術騎士団は身内だ。開拓時代から知る者や、学校の生徒だった者もいる。その数十人を、己の失策で無残に死亡させた。単なる戦力として書類上でしか把握していないドロシーは違う……？

（そういうことでもない、か）

思い直した。ドロシーは自分の妹たちや夫、息子でさえも、それが合理的ならば賭けの台に供するだろう。当然自分自身も。そこは覚悟のほどが違うと思わざるを得ない。

オフィスに入った。狭い、散らかった、まあどこにでもあるどことも同じ様子の部屋だ。扉が閉まるとドロシーは椅子にも座らず、そのまま話を続けた。

「はっきり言って、もうこの社会にカーロッタはいらない。サルアも。あんたも。いらない人間は速やかに死んでもらうとありがたい。迷惑かけずにね」

「息子の忠告を聞いたらどうだ」

苦笑いして告げる。

フン、と胸を張って彼女は言ってきた。

「そうね。カーロッタやサルア相手なら口には出さないようにする。あの連中はわたしを舐《な》めてるからね――システムを変えることなんてできないと」

嫌悪も露《あら》わに表情を歪め、まくし立てた。

「わたしらのことを肥え太った怠惰な資本家どもなんて呼ぶ口の奥で、自分たちの支配は不変だって安穏としてんの。グズはあいつら。愚鈍で邪悪な輩《やから》に腹を割るなんてもったいない」

「魔術士と反魔術士の喧嘩に、資本家代表で乗り込むつもりか？」

「はァ？　この戦いは端《はな》からこっちが主役よ」

「こっち？」

繰り返して訊ねたオーフェンに、ドロシーはきっぱり言った。

「市民よ。原大陸の市民。わたしたちは市民を代表する」

すっと背筋を伸ばし、通る声で。よどみなく話した。

「開拓者はどんな旗に集まった？　カーロッタじゃない。あなたでもない。開拓船スクルド号はなにを掲げて帆を張った？　変化の未来がどれほど恐ろしかろうと、その波を越えるために碇《いかり》を上げた！　古い荷をここまで運ぶためじゃなかった！」

「……それ、選挙に用意してあった演説か？」

「出来の悪いほうのボツ案よ」

面白くもなさそうに手を振ってみせる。

すっかりしらけた半眼で、不機嫌に彼女は唇を噛んだ。

「資本家だ、労働者だ、魔術士だ、革命闘士だ、なんて小競り合いをいつまでも続けていられない。キエサルヒマがなにをしてくるかを知ったでしょ。結界を余所に作って神人種族を封《ふう》じる手までは、どうとは言わない。少数の犠牲にさえ目をつぶればグッドアイデアとすら言えるかも。でもそのついでに原大陸を滅ぼそうとしている。これが奴らの正体よ。決して気を許せない」

「気持ちは分かるが」

オーフェンはうめいた。

「奴らの正体、なんて言っても、ほんの二十年前までは同じ場所に暮らしてたんだ。異次元人みたいに他人面するのもな」

「じゃあ人間の本質だーとか、そんなダサ語でもいいわよ。なんか良いフレーズ思いつく?」

「頼むから演説から意識を離してくれ」

うんざり押しやってから、オーフェンは話をもどした。

「リベレーターは始末した。あとはカーロッタとサルアを殺して、俺にも死んで欲しいと頼む気か?」

「というより率先してあんたね。カーロッタみたいな連中は消えたところでくだらない代わりが出てくるだけでしょうけど、あんたは例外。後継《あとつぎ》を育てるのに失敗したわね」

「どうかな。そう思えても、案外知らずに育ってるもんだ」

「クレイリー・ベルムみたいな間抜けは論外。ブラディ・バースは壊れたガラクタ。話にならない」

「化けることだってある」

「無駄よ。奴らじゃせいぜい、魔術士の自治区を作るのが関の山」

「ンなもんができたら手を焼くくせに」

髪を掻いて、壁にもたれる。相手が椅子に座る気がないようなので、自分も椅子には触れなかった。

例によって――と言うべきか――アーバンラマの魔女どもとは、長い付き合いだ。ドロシーは外大陸開拓計画の最も有力なスポンサーであり、自らも開拓船に乗り込んだ。ヴィクトールがまだ赤ん坊だった頃だ。その時ですら、この女は弱さの尻尾《しっぽ》すら見せなかった。家財や会社ごとニューサイトが一夜で消えた時にも、人員を統率して住人の多くを避難誘導した。

まだ不完全だった魔王術の使用を迷ったオーフェンに、その禁忌を破らせたのも結局は彼女だ。今にして思うに、結果はドロシーにとっても見込み違いだったのだろう。ドロシーはオーフェンの魔王術が、まさか神人種族を封じるほどの威力を見せるとは思っていなかった（これはオーフェンにしてみても予想外だったのだが）。彼女は少しでも神人種族デグラジウスを食い止めた上で、オーフェンら魔王術士が負けることを覚悟していた――

あるいは計算していた。

にもかかわらず術が成功してしまったことで、のちにオーフェンは戦術騎士団の設立後、大統領邸の指揮下に入ることを拒絶した。魔王術の制御は他人に任せられないと判断したのだ。この一連の成り行きのせいで、いまだに彼女とは遺恨を感じる。

口を尖《とが》らせたドロシーの顔を見返して、オーフェンは告げた。

「俺だと違うっていうのか？　この前も買いかぶりを言われてね。ただ、相手が相手でな。ろくでもない奴にばかり高く買われてる気がする」

「あんたが最悪のろくでなしだからよ。まともなことをしない」

「まともなことってのは？」

「普通なら良しとされて、大勢がにこにこうなずいてくれるようなことよ」

「ここ数年は大人しくしてたつもりなんだけどな」

「だから負けたんでしょ。手を読まれてね。さっき自分で言ったじゃない」

「俺に退場しろと言いたいのか、もっと働けと言っているのか、どっちなんだ」

「育ちが卑しいと反語も理解できないのね」

呆れたようにドロシーはうつむき、ふらふらと近づいてきた。

再び顔を上げるとその目には信頼と労《いたわ》りが充《み》ち満ちている。星のように輝いていた。小さな拳を握りしめ、その震えもまた煌めくようだった。彼女は言ってきた。

「生死を賭けられるほどの戦友なんて多いものじゃない。今、原大陸のすべてがあなたの肩にかかってる。わたしたちにできるのは、信じて待つことだけ」

「…………」

　オーフェンはしばらく考え込んだ。

　そしてかなり本気で分からなかった。

「待て。どっちが反語なんだ？」

「さあ」

　またぶすっと不機嫌面にもどり、ドロシーは吐き捨てた。

「あんたの言って寄越《よこ》した〝大統領邸は魔術士の地位回復を約束しろ〟が引っかかってね。妙な約束をさせられたくはないから、十人の分析者にあんたの資料を精読させた。十人中九人は、深読みの必要なく、戦後の魔術士らの地位を保障しろって要求だと言った」

「……残りひとりは？」

「ニューサイトの時と同じことを画策している可能性を挙げた。後になって要求の内容を吊《つ》り上げて、こちらに拒絶させるつもりじゃないかと」

「なるほど。だがあの時は、戦術騎士団の独立を確保するってメリットがあった。今回はなにがある？」

「分からない」

「なら、筋の通った話じゃないな」

「そうね。でもその可能性を挙げたのは一番優秀な分析者でね」

「誰だ?」

誰だかは分かっていたが、オーフェンは訊いた。

ドロシーが、ほんのわずかだが微笑する。

「夫よ」

「ろくでもない奴にばかり高く買われてる……気がするってことでもなく、まさにそのようだ」

腕組みして天井を見上げる。

「やはり来て正解だったかな。勘ぐるな。こっちはもう、駆け引きって余裕もない。ろくな後継がいないって言うが、そいつらだって最前線に送って総力戦をするしかないんだ。どの程度生き残るやら」

それで疑念を引っ込めてくれたかどうかは分からないが、とにかくドロシーは、うなずいてはみせた。

「そう。なら聞いて。わたしたちの目先の懸案はサルア・ソリュードよ。彼を市長から降ろしたいけど、恩もある。もっと言えば世間体がね。傷つけずにしたい。でも彼はわたしたちを信用しない」

「俺が仲介して解決するとも思えないけどな。会ってはみよう」

「カーロッタのほうは遠慮する必要はない。誰にでも分かるように派手に八つ裂きにして」

「喜んで。とは言えないが、仕方ないな。サルアより楽ってわけでもなさそうだが」

オーフェンは手を振って、部屋を出ようとした。

が、その前に振り向き、声をかける。

「少し気になってたんだが、さっき変な言い方してたよな。出来の悪いほうのボツ案って。演説って出来のいいほうのボツ案ってのもあるのか？」

「むしろ、そっちのほうばっかりよ。上等すぎて大衆向けじゃないってね」

そんなことは日常茶飯事という退屈げな眼差しで、ドロシーはそう言った。

9

天を突く影の柱を見上げる位置で、ベイジットは足を止めた。

という言い方はいささか怪しいものではある。柱は原大陸の文明圏すべてから見えるほど巨大だったし、かといって今彼女がいるのは柱の至近でもない。

それでも柱が覆っているのがローグタウンだということが確認できる距離に来ていた。なだらかな高地から周辺を一望できる。

「なあ」

後ろから声をかけられて、ベイジットは返事した。

「ン？」

いちいち見なかったが、話してきたのはビィブだ。ここに立って約一時間。すっかり退屈して地面に座り込んでいる。

「いつまでここにいるんだよ」

「ドコに向かうべきか分かるまで、ダヨ」

ここ数日見て回った結果分かったのは、ローグタウン周辺の村々からはほとんどの住人が姿を消しているということだ。

もともと騒ぎが始まってから、革命闘士がローグタウンを襲ったという噂もあり、みんな逃げ出していたらしい。その上、この得体の知れない柱だ。避難もするだろう。

だがそれだけではないようだった――村のひとつは家財もそのままに無人になっていた。注意深く探ってみると納屋のひとつに血痕があった。深い意味はないのかもしれない。単に着の身着のまま逃げたのかもしれないし、連れて行けない家畜を処分していっただけかもしれない。

だが単純に考えれば、村は襲われたのかもしれない。襲ったのは戦術騎士団か、革命闘士か、リベレーターか。そのどれが犯人かは、同じくらいあり得る可能性だ。リベレーターは素体と称して人間を攫《さら》っていたようだし、革命闘士は反抗する村から食糧その他を強奪することがある。逆に革命を支援する村なら、戦術騎士団に襲撃される。

（そのどれでも変わらないけど……この周辺が今、焦点になってるってことだよね）

考えながら、また柱に目をもどす。

というより視界に入れないことが難しい、巨大な影だ。天を貫くというのがまったく比喩でなく、遥《はる》か蒼空の彼方に溶けて消えるほど高く続いている。

この柱がなんなのか、噂ではほとんど分からなかった。ただなんらかの魔術であるのは疑いないし、だとすれば途方もなく強大な術だろう。

(どのくらい近づけんのかな)

目を凝らす。薄暗い影は透明なようでなにも見通せない。

見ているだけでも重さを感じる。それほどに巨大だ。渦巻く力の束、向こうがほんの刹那でもこちらに意識を向ければ途端に磨《す》りつぶされるような圧倒さを感じる。

「気に入らないネ」

ベイジットは独り言を口にした。

話しかけたわけではないのだが、ビィブがつぶやいてくる。

「あれがか?」

彼も柱を見ている。だがぼんやりと、どう思っているわけでもなさそうだ。

苦笑いして、ベイジットは答えた。

「ショーワルな感じがすんだヨ」

「性悪?　ただのでっかい……なんかは知らないけど、でっかい黒いのだろ」

「そのでっかさが桁外れじゃん」

「ああ」

「そんなトンデモなパワーがドコ向いてんのかって話サ」

類を見ないほどに途方もない力であるくせになにもせず、なにも生まずに、ただいるだけに見える。

とはいえ、ベイジットは自嘲を混ぜた。

「ま、モラトリアムってか、行き先も分からないのはアタシラもだけど」

「なんで分からねえんだよ。目指すところは分かってるだろ」

「最後の目標はね。でもその手前の足がかりがいるダロヨ」

言い合いながら、置いていた荷物を抱え上げる。

「持ってる武器と情報と、コネとまぐれ当たりでサ。それにはまず、会うべき相手に会わないとネ」

「武器は持ってねえだろ」

ふて腐れた顔で、ビィブ。

「ガキはホントに分かってないネー。尖ってるモンとか銃とかばっかり欲しがんだから」

茶化しながら、ベイジットも内心では同意していないでもなかった。〝隊〟はすべての戦闘力を失った。このご時世で、まったく問題がないと言うのは無理がある。

「ま、アタシはくすねといたけどね」

荷物からすっと、真新しい鉈《なた》を見せてやる。

あっ、とビィブが不満の声をあげた。

「さっきの村で盗《と》ってたんだな！　俺には重いだけだからやめとけって言ったくせに！」

「食器は集めさせたダロー」

「男がフォークで戦えっかよ！」

「アンタがくたびれるたんびに荷物肩代わりさせられるのはゴメンなんだよ」

と言っているうちに……

ベイジットは片目を閉じた。

ビィブはそれを見て、はっと言葉を呑む。

できれば動揺せずに話を続けていて欲しかったが。まあ仕方ないし、さほどの意味もない。ベイジットは鉈だけ残して鞄《かばん》を放り出した。

気配を察したわけではない——兄ではあるまいし、そんな迷信ずくの超感覚は備わっていない。感づいたのは臭いだった。近づいてきたものは、こちらが風下だと分かっていなかったのか。

ただの獣か、人間か。獣じみた盗賊の類《たぐい》ということもあり得る。

魔術士ではなさそうだ。ビィブに近寄り、鉈を手に振り向く。林があった。そう大きなものではないが。木が揺れ始めた。ずるずると重いなにかを引きずる音。みしみしと、樹木が傾く音。

ここまで来ると答えはひとつだ。

音からするとんでもなく巨大ななにかが出てきそうだが……ビッグのような。音が近づいてきてもなにも見えない。木を小枝のように押しのける音はするのに、倒れる木はない。違和感の中、ベイジットは身構えた。

ようやく姿を現したのは、子供だった。と最初は思ったのだが、違った。小柄な男かと思い直したが、それも違う。

動きが鈍かった。木が鳴っていたのは押しのけていたのではない。掴んで、引き寄せていた。そうでないと前に進めないのだ。歩行が困難なのは膝まで足が埋まっているからだ。木を掴んで身体を持ち上げて足を引きずり出し、一歩前に進むと足が地面に突き刺さる。ずぶずぶと沼のように沈むのは、身体があまりに重いからだ。

見た目はただの男だが。そんな歩き方なので、着ているものはぼろぼろだ。泥だらけの顔と伸びた髪。前髪の隙間から澱《よど》んだ眼《め》がこちらをのぞいている。

ヴァンパイアだ。地味だがかなりの強度だろう。身体の重量が増して、それで自壊しないなら頑強さも伴っている。腕力も。

知性は……

あまりあてにはできなそうだったが、ベイジットは鉈を下ろして声をかけた。

「ハアイ」

男は森の出口で足を止め、じっとしている。

そこから動けないのかもしれない。掴む木がないから。

「アノー……わっかるかな。アタシタチは仲間。ナーカーマー」

「あれ、仲間なのか？」

疑わしげにビィブが声をあげるので、とりあえず小声で囁く。

「知るかヨ。ダレに会ったたって仲間って言うんだヨ。言ってソンはないだろ」

ヴァンパイアは反応がない。息を吸って吐く――それが荒くなっているようにも見え、不安を煽《あお》った。

そして。

「お前たち、どこの村の者だ」

訊ねてきたのは森から出てきた男ではない。

女の声だ。背後から。振り返るとギョッとするくらい近くに、またひとり現れていた。

こちらには森もなくなだらかな傾斜と道があるだけだ。隠れる場所もなかったろうが、物音ひとつなく接近できたことに疑問を持つ余地もなかった。女はほんの数センチほどだが宙に浮いていた。

肌が薄い羽毛のようなもので覆われ、外観もかなり変化している。口元が半ば嘴化《くちばしか》していて歯もなかったが、声ははっきりしていた。

「アタシタチは――」

ベイジットは言いかけて、ビィブの足を軽く蹴った。

それで思い出してビィブが答える。

「俺はハガー村の、ビィブ・ハガーだ」

「ハガー……？」

女は鳩《はと》のように首を曲げ、記憶の淵《ふち》を彷徨《さまよ》ったようだった。

これもかなり知性を失ったヴァンパイアらしい。じれったいほどの黙考を経て、言う。

「ハガー一族か……彼らは……同志だ……餌をくれる……」

「ああ、ソー」

どんな餌食べるんだろ、と心の内だけで思いながら、相手を値踏みする。

ヴァンパイアだ。はぐれ革命闘士の類だろう。飢えて、みすぼらしいが強度は高く、そして行動の予想がつかない。

味方につけるのは厄介だし、頼る相手としては最悪だ。敵に回すのも論外だが。

かかわるだけ損だ。だから、はぐれているのだろうが。

（……ん？）

少し引っかかった。ビィブに耳打ちする。

「ネ。村がなくなったのって、いつの話だった？」

「八年前かな」

「アノサ」

と、今度は鳩女に質問する。

「ハガー村のことをよく知ってンの？　餌ってもらったの、いつ？」

女はまた首を曲げて、

「…………去年……か……？　それより昔は……よく分からない……」

「なに言ってんだ」

ビィブが反論しかけるが、ベイジットは制止した。

「記憶がおかしくなっちゃってるのか、テキトー言ってるだけかもだけど。なんかヘンだね」

気になってきたところだったが。

またさらに別の声が割り込んで、話は終わってしまった。

「バイルブレアー！」

渦巻く熱線が、真横から鳩女を吹き飛ばした。

浮遊していたせいなのか、勢いよく飛ばされて地面に激突し、転がっていった。爆発ひとつ残して視界から消えた鳩女を目で追ってから、ベイジットは反対側に視線をやった。

また新たな闖入《ちんにゅう》者だ。丘の下からだった。魔術戦士の戦闘装備──戦術騎士団だ。

男ふたりと女ひとり。女はうっすらと見覚えもある。どこかで会っていたかもしれない。短髪の、顔つきの厳しい真面目そうな（直感的に、カモにしやすいと思い浮かんだ）若い女だった。

男のほうはひとりは中年、もうひとりはやはり若い。中年のほうは特徴もないが、若いのは見た目から目につくところだらけだった。肌まで青白く血色の悪い白髪の男だ。そのわりには威勢よく走って坂を駆け上がってこようとしている。

術を放ったのは女だった。こちらも男の後をついて走り出した。中年は、さらに遅れて様子を見ている。敵に仲間がいないか探っているのだろう。

かなりの威力で撃たれたはずだが、鳩女は無傷だった。ぐるんと起き上がって、頭の上ほどまで上昇した。嘴を開け、甲高く鳴いた。

と。

轟音《ごうおん》がした。鈍い爆発のような音だ。足下から。地面が揺れた。

咄嗟《とっさ》に見ると、森の入り口にいた男の姿がなかった。いたはずの場所は窪み、そして男は跳び上がって――数メートルほどか、空中で身体を丸めてまた地面に落ちてこようとしている。

ベイジットは唾を呑んで、みっつのことをした。まず、鉈をなるべく遠くに捨てた。そしてビィブの身体を抱え込んで、舌を引っ込めた。

丘の下の魔術士たちからは見えていなかったろうし、予測もできなかったろう。森の男は地面にぶつかり、そこから波のような衝撃が広がった。

丘を砕くような一撃だった。ベイジットとビィブは為す術《すべ》もなく弾《はじ》き飛ばされた。魔術戦士たちは――女はすぐさま重力中和して空中に脱した。中年の男は後退して難を逃れた。白髪の男は、砕けて盛り上がった地面に足を取られ、モロに蹴躓《けつまず》いた。

倒れ込みながらビィブを庇《かば》い、ベイジットもどうにか気絶は免れた。その間にも魔術戦士の女は浮かびながら方向を変え、勢いをつけて鳩女に向かう。素速い。瞬く間に構成を編んで再度、熱衝撃波を浴びせた。鳩女は今度はかわして高度を取る。敵よりも上へ。

「マシュー！　ビーリー！　こいつらは〝剣翼《けんよく》のアルバロ〟と〝塊《かたまり》のゴーシ〟だ！　消し去ったはずの！」

「封印が解けたクチかぁ。なら――」

ぱっと飛び起きて、白髪の男――マシューかビーリーか、どちらかなのだろうが――は何故か嬉しげに言い放った。

「危機強度のヴァンパイアだな。滅多に食えねぇ相手だ。面白れェ！」

魔術戦士のはずだが、魔術も使わずに殴りかかっていく。森から出てきて、たった一歩で地面を崩したようなヴァンパイアへと。

残された中年の魔術戦士は、仲間ふたりを見比べて、援護の対象を定めたようだった。さほど迷わずに女のほうを見上げた。

攻撃術を放つ。熱線が魔術戦士の女をかなりぎりぎりで掠めて飛んだのは、狙いに自信があるのか少しくらい巻き添えを食っても構わないと思っているのか。どちらにせよ鳩女は軽やかに回避した。

鳩女は羽根で飛んでいるはずはないだろうが、両腕を広げて、羽毛も膨れ上がらせて鳥のような格好はしている。その上で鳥ではあり得ない軌道で飛行する。複雑で直角の旋回を繰り返していた。魔術士の重力中和術などでは到底追いつけない機動性だ。

魔術戦士の女は追いすがりながら術で攻撃を続けている。何度かは当たっているが傷つけるには至っていない。

未熟なのかというと、そうでもない。飛行物体に重力中和でついていくなどというのはそれだけでも至難の業だし、しかもついでに攻撃術を混ぜるなどというのもだ。《塔》の教師でもそうそうできないだろう。威力が落ちた分、牽制に徹して、打撃役は地上の男に任せている。

一方で。

地上に注意をやると、さっきの白髪男ももうひとりのヴァンパイアに接触したところだった。今度は腰まで埋まって這《は》い出そうとしている敵に迫り、顔面に拳を叩き込む！

「死ねやァ！」

叫ぶやいなや。

自分の拳を抱えて、転げ回った。

「うげらあああああ！」

そして起き上がって、今度はヴァンパイアの頭頂部に、

「泣けエエ！」

腰溜めの一撃を放ち、また拳を抱えてぶっ倒れる。

「ぼらあああああ！」

ヴァンパイアは殴られたことも気づいてない様子で、もたもたと身体を持ち上げようと

している。重すぎて、なにか掴むところがないと一気には這い出せないようだが。

「あっちの野郎は馬鹿そうだな」

ビィブですら、あっさり断定した。

ベイジットは状況を見回した上で……

「ビィブ。勝ったほうの側につくよ」

「加勢しねぇのか？」

面食らって、ビィブが言うが。

肩を竦めてこう告げた。

「ナンカ役に立つと思う？」

かたや空を縦横に飛び回っての追撃戦、かたや岩より硬そうなヴァンパイアを素手で殴り続けているよく分からない男だ。

それでもビィブはまだ吹っ切れないようだった。

「でも、俺たちは革命闘士だろ」

「この際だから言っとくケド、革命闘士だとか魔術士だとか、アタシはもうキレたよ」

「キレた？」

「革命闘士だからって、ダジートのクソがやってたのは革命なんてモンじゃなかった。どっちの側か、なんてコトにもう騙《だま》されやしないんだヨ。アンタはどう思う、ビィブ」

抱きかかえた少年の目を、じっとのぞく。

「こんなアタシにゃついてけねーか？」

ビィブは身を固めて考えていたが。

「いや、もう腹は決めてあんだ」

話しているうちに、頭上でひときわ大きい音が鳴り響いた。援護の火線が鳩女に直撃したのだ。爆発から吹っ飛んだ羽根と鳩女が弾き出されるが、やはり傷を受けてはいない。

鳩女の羽根が空中にまかれている。術を食らうごとにちぎれている――ようにも見えるが、羽根の動きは不自然だった。女を追って、それぞれが飛んでいるようだ。鳩女そのものが巨大化するみたいに。

羽根は魔術を防ぎ、追撃する魔術戦士の行動も妨げている。女魔術士が羽根にぶつかって正面からはね飛ばされるのが見えた。戦うごとに、羽根の広がる嵩《かさ》は増していく。いまや羽根の動きは群れて泳ぐ魚群のようだった。魚と違うのは、その一匹一匹にすら魔術も跳ね返す力があること。

鳩女は羽根の舞う中を自由に行き来している。潜ると魔術士側からは手出しできない。ただでさえ鳩女のほうが機動性があるのに、これでは相手にもならない。

が。

魔術戦士の女は鳩女の突撃に合わせて、やり方を変えた。自力で飛ぶのはやめ、鳩女の身体に掴みかかって、その状態で格闘戦を始める！　鳩女が腕を振り上げればかいくぐって足に掴まり、蹴りつけられれば反動を使って背中に回る。羽毛のおかげで掴みやすくはあるのだろうが。曲芸のようだ。というより曲芸以外のなにものでもない。

鳩女と離れなければ、羽根に邪魔されることもなかった。その接近戦で攻撃術を放った。

光熱波を放って鳩女を地上のほうへと押し込んでいる。下では……

援護の男がいつの間にか、莫大《ばくだい》な構成を編んでいた。通常術でも理解は難しかったがこれはまったくベイジットには理解不能だった。だまし絵を見ているようだ。

（あれが魔王術ってやつか……）

もう隠す必要もなくなったということか。魔術戦士は人目もはばからず魔王術の構成を編んで、動きの封じられた鳩女に狙いを定めていた。

突如として、一斉に羽根が消えた。同時に鳩女の身体が捻《ねじ》れ、不時着する。のたうち回って悲鳴をあげていた。乾涸《ひか》らびたように身体が薄くなり……バラバラに弾けそうになったところで。

効果が止まった。術者の男は、地面に倒れたヴァンパイアの半身を睨みながら、

「足りないか……シスタ！　残りを！」

と言って、その場に倒れた。

上空の女が飛び降りた。彼女も同じく得体の知れない構成を編み上げている。

女が叫んで、鳩女の残り半身が消滅した。

途端に、そこにいたはずの……ヴァンパイアがどんな姿だったか。思い出せなくなる。

空を飛んでいたのは覚えている。だがどうやって飛んでいたか。顔も、声も。

世界から消された。ということなのか。

ベイジットがぞっとして見ていると、魔術戦士は……あたりを見回し、足下に落ちていた鉈を拾った。さっきベイジットが捨てたものだ。

女はそれを振り上げて、自分の爪先に振り下ろした。ざく、と止まることなく刃は地面に突き刺さり、魔術戦士は仰け反って苦悶《くもん》の声をあげる。右足の指、恐らく小指あたりを切断したようだ。なんのつもりか分からないが、痛みを堪《こら》えながら立ち上がって、まだ残った一体と戦おうとしている。

だが消耗している。自傷がとどめだが、空中戦で力を使い果たしていたようだ。歩こうとしてそのまま膝を落とし、意識を失いかけている。

(こりゃ、勝つのはヴァンパイアの側かナ……)

魔術戦士のほうはさっきの馬鹿しか残っていない。

見ると相も変わらず、白髪男は地面に埋まったヴァンパイアを殴りつけていた。効果なく、そのたびに拳を抱えて半泣きの声をあげている。

(……ン?)

だが、気づいた。

違う。さっきとは少しだけ変化があった。

ヴァンパイアは腰よりわずかに上、腹のあたりまで埋まっている。

(……殴って埋めもどしてんの?　あいつ)

自由になったらまたあの跳躍をやられるため、ひとりで封じている。

魔術でやればいいだろうに、拳でやってる理由はよく分からないが。

もちろん腕力だけでそんな真似《まね》は無理だ。ヴァンパイアが這い出そうと動くその動作を見極めて、カウンターで封じているからかえって押しもどせる。馬鹿をやってるようで精妙な技だ。

そうか、とさらに分かってくる。魔術ではそこまで微細な打撃はできないから、素手でやっているのだ。

「ヒィハハァ！　骨に響くだろうが俺の拳骨《げんこつ》はよぉおおおお痛てぇええ俺の骨が痛てぇえ！」

（……多分）

ついには胸まで埋めもどして。

白髪男は急に、後ろに跳んだ。距離を開けて地面に手を突き、猫が尻尾を上げるような姿勢で構成を作り始める。

「ぶっころぶっころぶっころぶっころぶっころぶっころぶっころぶっころぶっころぶっころぶっころぶっころぶっころ――」

取り憑《つ》かれたように繰り返していたが。

「死んだりやオラボケくぉのアホゥがァァァ！」

あんまりにもあんまりな呪詛《じゅそ》で術が発動する。

標的とされたヴァンパイアが引きつり、よじれて消散するのは先ほどと同じだ。枯れ枝のように細くなって消えてしまった。見ていたベイジットの記憶からも。

白髪男のほうにも変化があった。顔に皺《しわ》が寄り、急激に痩せこけたため彼自身も同じように消えるのかと思わされたが。そうではなく、男は激しく衰弱して倒れ込んだ。ぎりぎり死にはしなかったようだが……

「エー……と」

絶句して、ベイジットは見回した。

意識を保っているのはかろうじて、女の魔術戦士ひとりだ。

といっても目も虚ろでこちらを認識できているのかも怪しい。ビィブを離して、ゆっくりと近づいてみた。手のとどくところでとりあえず、肩に触れてみる。

ちょんと指先が当たると、女は横にばたんと倒れた。動かなくなる。

「なんつーかコレは……アタシたち、勝っちゃった？」

「違《ち》げぇんじゃねぇの？」

やや呆れ気味に、ビィブがつぶやいた。

遠い疼《うず》きが近づいてくる。

それは次第に痛みとなり……ぞっとするのは、もう終わりかと思ってもまだ終わらないことだ。どこまで大きくなるのか。ここまで……もっと……ここまで……さらにもっと。もう無理だと思っても無慈悲ななにかがこう告げる。「まだだ」と。

どういうことなのかは知らないが、昔、ひとりだけ深い関係になった男を思い出した。彼の声に似ていると思ったからだ。

自分が魔術戦士となり、話せない機密を抱えるようになってから、必然としてその男とは別れた。数年後、そいつは死んだ。それを聞いても、特になにも感じなかった。とうに気持ちが離れ過ぎていたのだ。

ひどい話だとは分かっているが、良かったとすら思った。終わったことは痛くないのだ。怖くもない。恐ろしいのは、きりが分からないことだ。追いかけてくるが追いついては来ない暗闇の影。なにが起こるのかは分からないただの予感。限界の見えない未来……

幸いにも悪夢はそこで終わり、痛みの限界も分かった。

「あ――がぁあっ！」

悲鳴をあげた。切り落とした足の指の痛撃だ。時間が経《た》ち、痺れる鈍痛となっていたが勢いのある槌《つち》は刃《やいば》の切断力と変わらない。

シスタは集中し、治癒の構成を編み上げた。本当は気絶する前に傷をふさいでおくべきだったのだが。

術が効いて、痛みも引いていく。

見下ろして怪訝《けげん》に感じたのは靴が脱がされ、爪先に包帯が巻いてあったことだった。拙いが応急手当てがされている。これがなかったらもっと失血して弱っていただろう。包帯を解《ほど》いてもっと不思議に思った。包帯は切断した指を固定していた。多少いびつにはなったが、傷は指をくっつける形で再生した。

（誰が……ビーリーか？）

マシューがこんな気のきいたことをしたとは思えない。ビーリーも大差ないが。

ふたりはすぐに見つかった。数歩の場所で背中を向けていたが。

「おう。起きたか」

振り返ったマシューは、地面にうつ伏せているような格好だった。

さらによく見ると、人間を組み伏せている。女だ。

先ほど、戦闘中にちょろちょろ見えていた女と子供だ。子供のほうは突き倒された格好で、表情も険しくマシューを睨みつけているが、まあなにもできないだろう。マシューは魔王術の後遺症で衰弱状態だが、動けるくらいには回復したようだ。ビーリーは……まだ倒れて、いびきをかいている。しばらくは目覚めない。

マシューにしても起きたのは今さっきだろうと思えた。となると――と状況を想像する。場所も移動していない。崩れかけた丘の上だ。戦闘後、全員気を失ってから何分後かだろうか。日の傾きからすると何時間も経ってはいない。

「待て」

シスタは声をあげた。女を締め上げているマシューを制止して、

「手当てをしてくれたのは、お前か？」

「まあ、そうダネ」

女が答える。

魔術戦士に取り押さえられていても落ち着いた様子だったが、子供のほうが声を荒らげた。

「急に暴れやがって！」

マシューへの非難だ。萎《しな》びた狂犬はぴくりとも動じないが。

「ここらをうろついてたってだけでも怪しい奴らだ。物盗りか、革命闘士か」

「そいつ、どこか見覚えが……」

額を押さえてシスタは記憶を探ったが、なにも出てこない。痛みの余波と疲労のせいもあるのだろうが。

「ベイジット・パッキンガムだ。例の《塔》の連中の身内で、ヴァンパイア化を求めた渡航者の中に紛れていた」

急にむくりと起き上がったビーリーが、淡々と言い出した。

ぽかんとシスタが見ていると、これも当たり前のように言い足した。

「なにを見ている。前に説明しなかったか。わたしは眠っていても意識はある」

「奥さんに訊いたら、それは嘘だって言ってましたよ」

「そうか。死んだ者の悪口は言いたくないが、あれは疑り深い女だった」

ビーリー・ライトはシスタやマシューからすると師にあたる魔術士だが、堅物が行き過ぎて変人の気配がある。変人さのせいで取っつきがたいエド隊長とはちょうど逆だが、結果は似ている。腹を割らない得体の知れなさだ。

ただ、困ったことに有能な魔術戦士ではある。これも隊長と同じだが。

すっくと立って歩いてくると、女と子供を見下ろした。

「物盗りや革命闘士よりももっと悪い。魔術士の裏切り者だ。殺せ」

「ビーリー――」

「なんだ。ヴァンパイアライズのために革命闘士に接触していた。ヴァンパイア化しているかもしれん」

「キエサルヒマ魔術士同盟の人間なら、ここで処刑というのは……」

「処刑ではない。合理的な対処だ。それに処刑ということなら、どうせ帰ったところで同盟反逆罪だろう」

冷たい目で言う。正論ではある。

マシューはそれを黙って聞いていたが、手を離して起き上がった。

「やれと言ったろう」

ビーリーに告げられて、マシューは鼻で笑った。

「てめえに言われっと気が削《そ》げんだよ。それに、疲れてんだ。起きたならてめえがやれや」

どさ、とその場に座り込む。

マシューのへそ曲がりを見越した上でこうしたのか、それも考え過ぎか。ともあれビーリーは子供のほうを見やった。

「そっちは知らんな。革命闘士は子供も使うが」

「俺はハガー村の――」

言いかけた子供を制して、ベイジット・パッキンガムが口を挟んだ。

「アタシタチは粛正隊さ。革命の目指すところが歪まないよう、監視してる」

掴まれていた手首をさすりながら、ビーリーを睨み返している。

視線は真っ直ぐで迷いもない。ビーリーはしばらく考えて、つぶやいた。

「そんな組織は聞いたことがないな。内紛はあるらしいが」

「組織じゃない。アタシらがそうしたくて、そうしてるんだ」

「とどのつまりははぐれ革命闘士か。なら、そう名乗れ」

「そんなんじゃな――」

反論しかけたベイジットの髪を、ビーリーは掴んだ。

そのまま自分の目の高さまで持ち上げて、小声で繰り返す。

「そう名乗れ」

「…………」

ベイジットは、足をばたつかせながら抵抗もできなかったが。

首も振れなかったが拒絶した。

「イヤダ。アタシらは〝隊〟だ。アタシを殺したって終わりじゃャナイよ」

「はぐれ闘士に大した仲間がいるとも思えんし、終わりでなくちょっとした始まりであっても貴様を殺さん理由はない」

ビーリーは、ほぼ本気だろう。とシスタは思った。だが同時にこうも思った。

(通じないな)

ベイジット・パッキンガムは折れそうにない。

奇妙というか、興味をそそる状況ではある。ベイジットは魔術士でありながらヴァンパイア化を求めて渡航し、革命闘士と接触した。魔術士であることは隠し通したのだろう。革命闘士が許すはずはない。

その上で殉じる熱意を持つくらいの革命闘士にかぶれている。一緒にいる少年はハガー村の生き残りを名乗ったが、ハガー村は八年前に戦術騎士団が大戦闘を行って村ごと滅ぼした革命闘士の拠点だ。それを魔術戦士に向かって言い放つのは覚悟を決めた革命闘士だけだろうが、少年はベイジットが魔術士と聞いてもなんの反応もない。

微妙な不自然に過ぎない一方で、小さな違和感ではない。まるで怪奇だ。

意識せず、足に巻かれた包帯を撫でていた。シスタはゆっくり、仲間に告げた。

「ビーリー。離せ」

「断る。貴様に断る必要もないが」

「隊長の命令で、わたしがリーダーだ。判断には従ってもらう」

従えられるとも思っていなかったが。

それでもビーリーは、ベイジットの頭から手を離した。どさりと落ちたベイジットにシスタは向き合った。

「怪我の手当てをしたのは、恩を売るつもりだったんだろう。なにが目論見《もくろみ》だ」

「世間話もできナイ奴らと思ってなかったのサ。ダジートを殺《や》ってからチョットこもってたんで、世事に疎くなってたんダヨ」

髪をさすりながら、ベイジット。

「ダジートを？」

今となってはもはや懐かしいような話ではある。シスタは腕組みして彼女に詰め寄った。

「革命闘士の内紛か」

「そんな風に、ヒトのすることだけ程度低く言って欲しくないネ。アタシラは、あの野郎が革命をキエサルヒマのヘンな連中に売り渡そうとしてたから粛正したんダ」

横からビーリーがつぶやく。

「こいつらが本当に閉じこもっていたなら情報の価値はない。嘘を言っているならなおさらだ。時間の無駄だ」

「尋問する価値はなくても、身柄は無視できない」

と、目配せする。

結界だ。近づくとかえって遠のくようにも見える、実体のない黒い壁が広がっている。何者も通ることができない。神人種族の力ですら。

これを解除できる手段は限られている。それぞれが限られた可能性だ。そのひとつが結界に取り込まれたとされるキエサルヒマの魔術士だ。彼らに協力を求める状況はあり得る。ベイジット・パッキンガムはそのひとり、マヨール・マクレディの妹で、現場の裁量には過ぎる問題だろう。

ビーリーの澄ました横顔を見ながら、シスタは内心で舌打ちした。彼はシスタがそれを言い出すのを待っていたに違いない。面倒な判断も報告もこちらにさせる。年長であり教官でもある自分が指揮していないことには不服があるだろうし、それだけに必要以上の出しゃばりをする気もないのだろう。

ベイジットの様子に視線をもどして——一瞬だったが、その目に盗み見るような煌めきがあったように感じる。嫌な目だ。人の気をのぞいて反撃の材料を集めるような。

「お前たちは」

もっと脅迫じみたことを言ったほうがいいか迷ったが、シスタは淡々と告げた。

「ラポワント市に連れ帰る」

ぱっと顔を上げたマシューに、先手を取って釘を刺した。

「お前はヴァンパイア狩りを続けたいんだろうけど、ひとまずもどらなければ限界よ。市内にも、お前の趣味に付き合ってくれる闘士はいるだろう」

「街にいるのは残党の小物ばかりさ。カーロッタ派の本命はこっちに来るんだろうがよ」

さっきの戦闘で興奮しているのか、マシューはあたりの破壊跡をうっとりと眺めている。敵の姿はもう思い出せないが。

ビーリーに不満はないようだ。もともと、このメンバーで行動するのが嫌でたまらなかっただろうから不思議はないが。

正直を言えば、シスタも同意見だった。街に帰りたい。開拓地はうんざりだった。この騒動が始まる前から開拓民が嫌いだった。

これは疲れの基準でもある。普段ならそうは思わない。社会は複雑で、個人の望み通り都合良くはならないと弁《わきま》える。だが寝不足と緊張が続いてくればそんなものは脆《もろ》い。きかん坊のように都市民を罵倒し、すべての悪は資本家とその走狗《そうく》にあると繰り返すばかりの馬鹿どもは地上から一掃したくもなる。

(危険よね)

空虚に認める。単に自制が足りなくなるだけならどうということもないが、魔術戦士には本当に暴走できるだけの力がある。力には限りがあってそれは自ら認めやすいが、理性の限度は自分で測れないのが危ない。

曲がってくっついた足の指を見下ろす。本当は失っていたほうが良かったのかもしれない。失うことは怖いが、失い損ねることも同じくらいおぞましい。どちらが分かりやすいか、というだけに過ぎないのだが。

11

自分たちや師匠が遠い辺境を歩いている間に、街でなにが起こったか。

クレイリー〝校長〟の話でそれは分かったものの、すぐさま受け入れられるかというと難しいものもあった。クレイリー・ベルムが魔術学校の校長になったのはとうに知っていたことだが実際に校長室にいて、校内を取り仕切っているのを見るのはまた別の話だ。同様に、市街が戦場になって大量の死者を出し、魔術士たちは学校に立てこもって反魔術士団体などの抗議者に取り囲まれているというのも。

死者のほとんどは学校を攻撃した革命闘士だという。だがリベレーターなるキエサルヒマの兵隊との戦いでは街に被害も出たし、戦術騎士団は市内でも敵を狩っている。ひどい状況だ。

そしてなにより――

と、ラッツベインは空を見上げた。そびえ立つ黒い柱。ラポワント市からはっきりと視認できる。そこはローグタウン……我が家のあるあたりだ。

かつてキエサルヒマ島を覆っていたという結界が村を閉ざし、そこに妹と友達がいるとかなんとか。ああ、あと父親は強引に脱獄して泥沼の戦闘指揮を執ってるんだっけ。姿を消したと思われていたカーロッタ・マウセン――あのドスのきいたおばさん――は辺境の地でヴァンパイアを率いて潜伏していた。肝心の師匠は魔王術の反動でしばらく魔術も使えなくなってしょぼいのが三倍増くらいでもっとしょぼくなってるし、妹は相変わらず苛々してお姉ちゃんを馬鹿にしてばっかだし可愛《かわい》くないし生意気だしヴィクトールも心配だよねアキュミレイション・ポイントには暴動もあったっていうし……

「姉さん……姉さん！」

頭の中で声が爆発して、無理やりに注意を向けさせられた。

「なにぼーっとしてんの！　いつだってぼーっとしてんだから、こんな時くらいしっかりしててよ！」

「そんなこと言ったってさぁ」

ラッツベインも思念で返事した。

虚《むな》しく、杖にすがって立ち尽くす。

「こんな時って、そりゃ凹《へこ》むほうが普通じゃない？」

「仕事サボってんじゃないって言ってんの！」

「仕事って言わないでよぉ。なんかね、定時までいればお給料もらえます、みたいなイメージがぶら下がって、ギャップとか感じちゃうのよね」

「じゃあ任務よ！　分かってる？　そうやってる間にも死人が出ることだってあるし――」

「そのプレッシャーのかけ方も、やな感じ」

ため息をついて、気鬱でも思念でもなく、現実のほうに気をもどす。

「自分のやり方だけが人助けなんだって思ってるみたいでさ」

おかげでそのつぶやきだけ声に出た。

もっとも、聞いている者もいなかった。

仕事か任務か。ラッツベインがしっくりくる呼び方は〝やること〟だ。リストが並んでいて、済んだものから横線で消していく。重要なこともそうでないことも同じ文字で書いてある。

今やっているのは見張りだった。というより、様子見か。

無残に落下して市街を潰している要塞船の残骸――といっても、これが飛んでいたところをラッツベインは見ていないし、いまいち信じがたいのだが――からやや離れた廃屋の屋根上に潜み、監視している。この場所をずっと見ていたわけではない。監視対象は人物だ。

このあたりには残骸を調べている市警察や派遣警察隊、要救難者を探すボランティアなどが集まっていた。そこに、現場指揮にサルア・ソリュード市長が出向いている。ラッツベインとエッジがあてがわれたのは、このサルア市長の護衛だった。

「ちゃんと見てるの？」

エッジから問われ、不承不承答える。

「見てるよ。今は、外を歩いてる。指揮っていうか慰労かな……警察の人の肩を叩いて回ってる」

「持ち上げる奴いるみたいね。元はキムラック教師だし、カーロッタと根っこは同じだと思うけど」

ひねくれたエッジの見方に、ラッツベインは顔をしかめた。

「あなたは嫌いなんだろうけど、父さんの昔の知り合いよ。例によってだけど」

「図に乗った権力者でしょ」

「あんたにかかると父さん以外みんなそうじゃない……」

「魔術士を利用するくせに規則と予算で押さえ込んでるような奴を、わたしは守りたくなんかないの」

「サボるなって言ってたのに」

かなりわけが分からない。と思いつつ、そう分からなくもないのかもしれない。世の中はとにもかくにも、相反しそうなことの抱き合わせばかりだ。

サルア市長などはその典型とも言える。

サルア・ソリュードは開拓団の最古参で、開拓民の二大派閥の一方を率いている。そのもう一方がカーロッタであるのだから、サルア市長の力というのも自ずと重いものになる。

一般的には、開拓民の最大有力者としては穏健派で、かつ親魔術士で知られる。派遣警察隊の実質的な主でもある。ラポワント市議会の特待の議員でもあり、戦術騎士団を監視する立場も兼ねる。カーロッタ派とは対立し、魔術士から疎まれる立場でもあり、一方で頼られもするという、かなりややこしい立場だ。

この護衛も、隠れながらの見張りだ。市側からの依頼があったわけではない。むしろ発覚すれば問題だろうし、市民から石を投げられることにもなりそうだ。戦術騎士団の任務としてはサルア市長を守るというより、そこに近づいてくるかもしれない革命闘士の出方を見張るのが主だった。

エッジも別の場所から状況を見ているはずだ。妹の苛々の矛先を逸《そ》らしたくて、ラッツベインは訊ねた。

「そっちも同じものを見てるの？」

思念で通話はしているが、感覚共有まではしていない。

妹は素っ気なくだが一応はきちんと答えてきた。

「市長は見てない。少し離れて、鬼のコンスタンスを監視してる」

「鬼ってよしなさいよ。コンスタンスさんはご近所だったじゃない」

「昔はね。でも三魔女のひとりで、市長の番犬でしょ」

「なんでそんな片っ端から人を嫌えるのよ」

「マギー家の連中は嫌うほうが普通よ。姉さんはヴィクトールのことがあるから違うだけでしょ」

「やめてよね。ヴィクトールはいい人だから好きなだけ」

「あんなののどこがよ。ラチェはラチェで変なの手下にして喜んでるし……」

「わたし正直、あなたが一番心配なんだけどっ」

話しているうちに自分のほうが苛ついてくる。

意識を妹から切り離した。さりとて市長の姿を見ているのにも飽きて、街を潰してる要塞船を見上げる。

こんなものをキエサルヒマで造り、原大陸を滅ぼすために持ってきたのだ。そしてそれを自分の父親が撃ち落とし、残骸だけが残された。これを片付けるのに魔術士の手を借りられないのは、なんというか途方に暮れる話だろう。

杖を抱きかかえるようにして頭をもたせかける。手を貸せないのも、同じくらい途方に暮れる話だ。こんな巨大なものを分解できるのは魔術だけだ。つまりこれはここにある限り、魔術士がなにもしなかったことの印であり続ける。

戦いから数日が経っているというのに、舞い上がった砂埃《すなぼこり》がいまだ空気を濁らせている気がする。瓦礫《がれき》となった街を見るのも心痛だ。話を聞いた限りでは——その話をしたのがおべっか屋のクレイリーだというのを差し引いても——父は街に与える損傷をかなり抑えてはいたと思う。だがそれで感謝してもらえるものでもあるまい。

「なんだか落ち込んできた」

どんよりとラッツベインはつぶやいた。思念ではなく独り言だ。

考えなければならないことにきりはないし〝やること〟は他にもある。騎士団の人手が足りなすぎて街中に駆り出されているが、ラッツベインとエッジに課された最優先の任務は別にあった。

息を整え、暇があれば試している。

（ラチェ……ラチェ……答えて……もう一度……声を聞かせて）

呼びかける。だが、今回も空振りだった。

なんの返事もない。思念の海に靄《もや》がかかったように、なにも見えない。

ネットワークには癖がある。しかも理不尽な癖だ。たとえばラッツベインはエッジとの交信は極端に感度がいい。ほとんど会話と同様の意思のやり取りができる。さらには感覚を共有する同調術まで完成させた。ふたりで感覚、思考までも共有してお互いの能力を最大限に活《い》かす。

だが末妹、ラチェットにはまったく通じたことがない。基本的には便利な能力なので（居間にいて、部屋に忘れてきた本を持ってきてもらうとか）何度も試したが、一度も成功しなかった。これはエッジも同じだ。あんまりしつこく試そうとしたので、これ以上しかめ面で睨まれたら熱湯をかけることにすると脅された（二回かけられた）。

それが数日前、不意にラチェットの声が聞こえるようになった。

日に一回ほどか。結界に閉ざされたローグタウンの中のことを、途切れ途切れにだが伝えてきている。交信というよりはラチェットが一方的に送ってくるだけだったが。こちらからの呼びかけは届かない。

しかしもし、ラチェットと同調術を行うことができれば……

問題解決の糸口になり得る。ラッツベインの仕組んだ魔王術を結界内に送り込めるのだ。結界を破壊できる。

他の魔術戦士は一笑に付したし、クレイリー校長ですら、それは今から鍛えて間に合うのかと懐疑的だった。エド隊長は、あてにはしないが損もないという態度だった。

父親には、他に手がないのなら仕方ない、と言われた。師匠からは同調術の危険性である使い魔症について繰り返された。

奇妙といえば奇妙な話だ。失敗を危険視する人と、成功を危険視する人しかいない。

今のところ正しいのは前者の人たちということになりそうだ。なにか見落としている鍵のようなものがあってクリアできないのか、そもそも扉もない壁に突撃を繰り返しているだけなのかも分からないが……

「姉さん」

はっきりとエッジの声。

思念のコールだ。もうひとりの妹とは違い、本当に簡単に通じる。今はそれが嫌みにすら感じるほどだ。

「なあに」

先ほどの話題のこともあったのでなるべく不機嫌に、ラッツベインは応じた。

しかし同時に触れてくる感情には、それどころではない気配があった。

「こっち、動きがあった」

「なにが？」

「大勢来た。警備を連れてる。市議員団だと思う……予定にはないわよね？」

「市長と仲のいい人たちなら、慰問に相乗りしそうだけど」

「違う。カーロッタ派の連中よ」

「え。闘士絡みの？」

「革命闘士と繋《つな》がりがはっきりしてる田舎の奴らは、あらかた開拓村に引き上げてるはず。街にいるカーロッタ寄りの市議員たち、だと思う。大勢で来たから逆に分かりづらいけど」

「それなら別に……危険はない、わよね？」

判断の難しい問題だ。単に議会内の主導権争いで、市長に対立している一派が慰問を邪魔しに来ただけなら、首を突っ込むような事柄ではない。

ラッツベインは迷ったが、エッジは冷静だった。

「危険かどうかは派遣警察隊がどう対応するかで分かりそう」

それが一理ありそうだ。内心でうなずきを返して、現実のほうにまたもどる。

騒ぎが迫っているのを知っているのかいないのか、サルア市長はボランティアと一緒に語らい、気さくに振る舞っている。人望が評価されるだけはあり、エッジが言うほどには居丈高な暴君という顔つきではなかった。もっとも開拓期にまつわる定番の、きな臭い伝説や噂がついて回るのはこの人物も同じだ。

コンスタンス・マギーについても、エッジにはああ言ったものの、ラッツベインも実のところあまり良い印象は持っていなかった。ヴィクトールのことを邪険にしているからというのもある。

アーバンラマの三魔女のうち、コンスタンスは少々変わった立ち位置だった。マギー家の者でありながら開拓民の有力者サルア市長に雇われている。切れ者だとは聞くが、この前師匠と一緒に会いに行った時の剣幕も怖かった。あの話し合いの後、たちまち彼女は学校に戦術騎士団監視のための一隊を送り込んできた。ラッツベインの苦手なタイプの、すらっとした系のきびきび女が率いる部隊だ。

派遣警察隊は都市から開拓地の反社会活動を取り締まる組織だ。主には革命闘士を相手にすることが多いので、魔術士と共闘しているようにも見えるし、協力体制も実際にある。しかし彼らの大本は、開拓を維持するために組織された自警団だ。開拓地を牽制するのは、革命闘士の矛先が資本家や成功した開拓村に向いた時であって、反魔術士団体については二の次である。バランスの問題もあり、魔術士社会とは馴《な》れ合わないという建前でいる。

今回は、魔術士と戦術騎士団が市議会の管理下を離れたことで、こちらをラポワント市と開拓地全体への重大な脅威としたわけだ。

エッジですら認めざるを得ないだろうが、公平な見方だろう。大統領邸の軍警察のような規模はないが、派遣警察隊は精強揃いで知られている。だが一方で、彼らの監視隊が本拠地にまで入り込んできても、師匠は気にする必要はないという……

「この戦いが終わる時には、サルア市長は失脚している。市議会も終わりだ。まあぼくらが勝って、カーロッタを葬り去っているという前提でだけどね。だから派遣警察隊がなにをほじくり返そうと関係ないんだ。彼女も分かっているだろうけどね」

あの会合の後、そんな言い方をしていた。

正直、政治のそんな部分についてはラッツベインは上の空だった。皮算用をしたり、人の行く末を利用したりなんていうのは、嫌だなと感じたくらいだ。本当にそんなことになったら、師匠を叱ってやらないと。

(準備、いるかな)

気の進まない仕事であっても。やることはやらないとならない。

ラッツベインは荷物から、大抵持ち歩いている大きめの帽子を取り出した。一応、服装はもともと街に紛れ込めそうなものを選んできている。

騒ぎになる前に下に降りて、様子を探るつもりになっていた。サルア市長には顔を覚えられているかもしれないし、議員団には魔王の娘を知っている者もいそうだ。それでも帽子をかぶってワニの杖を置いていけば、そうそうはばれないだろう。ヴァンパイア症はどこに潜んでいてもおかしくない。いざという時には間近にいたほうがいい。

髪をまとめて帽子をかぶる。おばさんくさいと妹には言われるが、街を歩くのはなんとなくプレッシャーなので、たまにやっている。あとついでに鞄からお弁当用の饅頭《まんじゅう》を取った。小腹が空《す》いていた。

食べながら、屋根から建物の陰に飛び降りる。議員団と思《おぼ》しき人影は、もう見える場所に来ていた。四、五十人はいそうだが大半はボディーガードたちだろう。がたいの大きい男たちが密集して歩いているので、余計に大人数に見える。

人の動きはもうひとつあった。私服の男女がそれとなくサルア市長のほうに集まっている。派遣警察隊だろう。その流れに隠れるようにして、ラッツベインも近づいていった。饅頭の最後のかけらを口に入れる。水も持ってくればよかったと、少し思う。古くなっていたので饅頭が乾いていた。

「ほれみたことかね、市長！」

議員団の中から、年嵩の男が進み出てサルアに指を突き付けていた。

「これが結果だよ――戦術騎士団などという無法者を放置した報いだ！　魔術士たちの喧嘩に街と原大陸を巻き込んだ責任を、どう取る！」

「何日も経って押っ取り刀でやってきたわりには前置きもなしですか」

サルア・ソリュードは鼻で笑い、好戦的に受けて立つ。

「リベレーターの狙いはみっつだ。あなたたちが隠れている間に、このデカブツを調べて得た情報によれば！　壊滅災害を画策するカーロッタを誘《おび》き出すことと、彼女を抹殺すること、神人を原大陸で食い止めること！　カーロッタ派のあなたがたは、彼女の企てに噛んでいなかったことを証明できないなら、この場で拘束だってするところだ！」

「カーロッタ派という呼び名は禁じられて――」

「この期に及んで、言えたことか！」

護衛を（自分の護衛まで）振り切って、サルア市長は進み出る。

予想より過熱しているようだ。お互いに振るった拳がこすれ合いそうな距離で睨み合っている。周りを護衛が囲み、さらに周囲を市民が見ている。

護衛の層までは入れそうにない。それでも人混みを掻き分けながら進んでいく。

と、不意に背後から口をふさがれた。さらに耳元で囁きこまれる。

「銃を持ってる。なにか一声でも出そうとすれば、やる」

「………」

返事のしようもなく、首だけでうなずく。

周りは気づいた様子もなく――というより押し合いへし合いで、掴み合いになっている者も少なくないため無視されているのだが。ラッツベインはサルア市長から遠ざかる方向に引きずられていった。

いくつか頭を巡った。強盗だろうか？　こんな警官だらけの場所で？　声は女で、掴まれている手も女のものだ。行きずりの強盗でないなら、ラッツベインだと分かって捕まえてきたのだろうか？　この人混みの中、軽く変装もしていたのに？　もしかして屋根の上にいた時から気づかれていたのだろうか。なら、どうしてその時には邪魔されなかった？

ぐるぐると混乱しかける。ただ実を言うと、危機は感じていない。いつでもエッジに助けを求められる。それに相手はラッツベインを即座に傷つけるという真似はせずに、どうやらひとけのない場所に移動しようとしているらしい。話があるという態度だ。

実際に裏路地に運ばれたところで、相手の見当がだいたいついていた。

ぱっと解放されて振り向く。

「鬼の――」

自分でも言いかけてしまって、ラッツベインは舌を噛んだ心地で言い直した。

「コンスタンスさん」

妹が監視していたはずだ。ということはエッジも、どこかにいるのか？

派遣警察隊の総監、鬼のコンスタンスとも呼ばれる彼女は、ラッツベインの探る目を察したのかこう言ってきた。

「エッジの見張りは撒《ま》いた。あなたもどこかにいるんだろうと思っていたけど、まあこっちに決まっているわよね」

と、大通りのほうを示す。

「あなたは見てなくていいんですか？」

ラッツベインの問いにも動じず、コンスタンスは首を振った。

「ただのパフォーマンスよ。だけど戦術騎士団がここにいるって誰かが気づいたら、ぶち壊しになる」

　出し抜けの説明について行きかねると、彼女は言い足してきた。

「サルア市長と、カーロッタ派の街議員たちよ。白昼堂々、派手に拘束されることを条件に、これ以上彼らを追及しない温情を与えたの。実際に彼らはカーロッタとの関係は薄いし、これから外の議員らを切り崩すには味方に引き入れないと始まらない」

　市議員には二種類ある。街の市議員と開拓地の市議員だ。これはいい市議員と悪い市議員といった冗談の類ではなく、普通に成り立ちから異なる。ラポワント市議員は元々は大きくなり過ぎたラポワント市の各居住区から代表者が集まって、資材の割り当てや利益の分配などを話し合うことから始まった。ラポワント村の長であったサルアはそのまま市長になったが、市議員も兼ねている。

　ニューホープの壊滅もあり、ラポワント市は原大陸随一の都市になった。開拓地に資材を運び出す基地でもあるし、人口密集地として食糧の供給は開拓地に頼っている。この繋がりから、開拓地も議会に代表者を出すことを望むようになった。

　そう単純な話ではないが、一般には開拓地の議員は市に対立的だ。市政においてもカーロッタ派が力を増した理由でもある。市の議員は増えることがないが、開拓地は村が増えれば数を増す。

　街の代表となるのはその界隈《かいわい》の有力者だ。資本家や事業主、ギャングなど。この議員を転居させないため、ラポワント市では特定の人名について居住を固定するという馬鹿げた法を作った。この法にはフィンランディ家の者をローグタウン以外の場所に住まわせないという項も含んでいるため、ラッツベインは恨み骨髄だ――しかも議会制度の根本に食い込んだ法律であるため、議会自身が改正する見込みはない。

「ええっと」

ラッツベインはうめいた。

「じゃあ、つまり、お芝居ってことですか」

「そう。彼らは彼らで市長を糾弾する機会を与えられたから、どうにか顔も立てられる」

「………」

ほんの数メートル先の騒がしい大通りから、この薄暗い路地で。

ラッツベインはまじまじと相手を見つめた。

派遣警察隊の機動性がそうさせるのだろうが、総監などという立場でありながら陣頭指揮を執るその姿が、あだ名の由来だという。それでも普段はなかなか人前に出てくることはないはずだ。ラッツベインもこうして差し向かいで話すのは初めてだった。

「えーと」

数秒の気まずさを挟んでから、どうにか会話を続ける。

「心配ですよね」

「？　だから、これは茶番で」

「そうじゃなくて。サイアン君のことです」

コンスタンスは、面食らったようだった。

「ええ、まあ、それはね」

「うちの妹と一緒にいますけど……というより妹に巻き込まれたんだと思うんですが。すみません」

「そう」

「師匠もこの前はなんだか無礼っていうか師匠の分際で生意気ばかりを――」

ぺこぺこと頭を下げるうちに、はたと相手の視線に気づく。

コンスタンスはにこりともせずラッツベインをじっと見て、眉間の皺をかいている。腰の拳銃にはもう手を触れていなかったが、どうにも上機嫌という顔ではないし、謝罪を受け入れている様子すらない。

(気っまずいなー……)

じんわり半身ほど後ずさりしながら視線を外す。なんというのか、キャリアのある女は基本的に苦手ではある。すぐなにかを比べたがる目の色をしている、そんな気がする。

「あの」

「はいっ」

コンスタンスから呼びかけられ、跳び上がる。

彼女は彼女で困ったように、元の通りのほうを指さしていた。

「そろそろ仕事にもどりたいんだけど……行っていい？」

「ああ、はい。どうぞ。是非。いや、是非っていうか、どうぞ」

わたわた返事する。

嘆息混じりに引き返そうとするコンスタンスに、手を振って見送った。

その刹那だが。

ラッツベインは地面を蹴って飛びかかると、後ろからコンスタンスの頭を掴んで引き戻した。地面に叩きつける勢いで入れ替わりに前に出る。

ついでにコンスタンスを踏んだかもしれないという気もしたが、振り返ることができなかった。意識が一点に向かい、自分ではどうにもできない。通りには多くの人々。ボランティア、警官、護衛、議員団と市長はやや離れている。瓦礫から助け出され、手当て待ちでテントに並べられている負傷者もいる。

誰もラッツベインには気づかない。サルア市長と市議員たちの怒鳴り合いに気を取られてこちらを見る者はいなかった。

頭の中に閃《ひらめ》くものがあった。なにかを持たねばならない。素手では駄目だ。いや、もう手に入れている。必要になるのは十四秒後。その時には迷ってはならない。必要になるのは目を閉じないこと。次に誘き出すこと。そして、ご愁傷様を言うのは十二分後だ。

（……わけが、分からない……！）

自分の考えがまったく分からない。足をもつれさせながら猛烈な勢いで走らされるようだな。しかし転びそうで転べない。転べば終わりにできるのに、転ぶこともできない。それが怖い！

遅れて理解する。なにかを手に持っている。拳銃だ。コンスタンスから奪ってきた。覚えもないが確かに奪ったのだ。

代わりに帽子を脱ぎ捨てている。これから空を見上げるのに邪魔になるからだ。

どうしてこれから見上げるのか、やはり分からないまま上を向く。よく晴れた空。その遥か一点に黒い影。飛び降りてきている。

魔術の構成が既に出来上がっている。大規模な破壊術だ。落下してくる標的を狙うならタイミングを測っていなければならなかったはずだが。既にそれも分かっていた。

叫ぶ。

「我は砕く原始の静寂！」

術の発動より前に、落下物は形を変えていた。人間だ。いや……形はもはや人間とも言えないが。巨大な白猿《はくえん》という姿だった。

術を放った時には遅すぎるような気がしていたが、大きさのせいか見誤っていた。身の丈で数メートルはある。空間爆砕の威力は白猿のヴァンパイアに直撃し、爆音とともに引き裂いた——巨体をよじれさせ、横に吹き飛ばす。

上でも下でもない、真横だ。群衆の上に落下させればそれだけで犠牲者が出る。白猿は廃屋になった民家の屋根に激突したが、ラッツベインはもう見ていなかった。

拳銃を構えていた。今度は空ではない。サルア市長だ。

今の一撃でみな、こちらを見ている。衆目の集まる中、狙撃拳銃の照準をぴたりと市長につけている自分に気づいて、ラッツベインは肝を冷やした。思わず縮《ちぢ》こまって頭を抱えたくなるが、それをしたらすべては終わりだ。

引き金を引いた。拳銃から放たれた銃弾は、横から飛び出してきた男の身体に当たって弾かれた。

やはりヴァンパイアだ。全身が鉄の板に覆われているような格好の。

その足下にバラバラになった服が落ちている。その服装からすると、元は議員の護衛として紛れ込んでいたようだ。服は破れたのではなく、鋭利に切り刻まれている。となるとヴァンパイアを覆っているのは鉄板というより、刃《やいば》か。

ヴァンパイアはラッツベインを見ている。目玉がぎょろりと動き、なにかゾッとしたような顔に思えた。間一髪という表情だ。

（…………？）

違和感を覚える。疑問だ。

その疑問こそが不思議だった。急に湧いたのだ。ここまではむしろ、疑問が抱けなかった。わけが分からないのに、なにもかも分かってしまっていたのだ。

感覚が薄れていく。取り憑いたなにかが離れるように。

たった一言だけを置いて。

「限界。あとは自分で考えて」

「……ラチェット⁉」

精神感応だ。

だが考えるもなにも、目の前のヴァンパイアをどうにかしてからだ。

音がした。屋根の上だ。崩れた屋根をはね飛ばして、さっきの白猿が起き上がった。重傷を負ったはずなのに、もう怪我ひとつない。建物の上で立ち上がるとさらに大きく見える。獣そのものの顔で、激しく咆哮《ほうこう》して胸を叩いた。

（どうするっていったって……）

ここにいるのは自分ひとり。ヴァンパイアたちは相当の強度だ。しかもあたりには、ようやく状況を呑み込めた、動けない人たちも含んだ群衆。市長に市議員たち。見通しのよくない街中。よほどうまくできなければ、強力な術は人を巻き込む。

刃のヴァンパイアは狙いをラッツベインに定めたようだ。駆け寄ってくる。両腕のブレードが最も大きく、それだけで人間大ほどもある。そんなものを掲げて素速く走ってくる力も尋常ではない。

術の構成……咄嗟に浮かぶ熱衝撃波では、もし外せば向こう側の市長らは皆殺しだ。だが抑えた威力であのヴァンパイアを止められるか？

「いいから、思い切りやって！」

また思念の声。だがラチェットではない。

慣れた声。もうひとりの妹、エッジだ。同調術が始まっていた。

構成に手早さが加わり、頭から迷いが消える。エッジがどこにいるか、なにをしようとしているか、なにを考えているかもすべて分かった。

「我は放つ光の白刃！」

白い輝きを放つ。真正面から突進してくるヴァンパイアは、両腕を交差させて術を受け止めた。爆発的な力が拮抗《きっこう》して、足が止まる。ラッツベインは全力を注いだ。熱と激震と。鼻から口から抜き取られるような渾身《こんしん》の力だ。

ようやく術が途切れると、ヴァンパイアはまだ立っていた。全身の刃が赤熱し、ひび割れ、溶けかけている。足下の舗装路も燃えて煙をあげていた。

その灼《や》け溶けたヴァンパイアの胸に。

屋根から飛び降りてきたエッジが、構えていた鉄棒を突き立てた。ラッツベインが置いてきた、ワニの杖だ。弱ったヴァンパイアの装甲を貫き、敵に悲鳴をあげさせた。

エッジは杖を手放して横に転がり、暴れるヴァンパイアの手のとどかない場所に逃れた。上下左右に身体を振ったヴァンパイアから、杖が抜けて飛ぶ。ラッツベインはその飛んだほうへと駆けた。空中でワニの杖を掴み取る。

また上から。跳び上がった白猿が落ちてこようとしている。

今度は予測ではなく動物的な勘で。ラッツベインは杖を掲げた。

使い方は教えてもらっていた。杖の頭に鎖でぶらさげられていた二頭のワニ。金属製のワニが巨大化し、鎖も伸びて上空の白猿に喰《く》らいついた。猿の巨体にも匹敵するような大きさだ。一頭が猿の胴に噛みつき、もう一頭は相棒の尾をくわえた。大きく振って、また廃屋に猿を叩きつける。ワニ二頭も加わって、建物は完全に倒壊した。

ワニをもどす。ラッツベインは猿のほうに視線を注いだ。刃のヴァンパイアは、背後でエッジが相手している。彼女がどうやって戦っているのかも、感覚が同調して分かっている。ヴァンパイアのダメージは深く、手足をでたらめに振り回してるがエッジにはとどかない。エッジは敵の注意を引きながら誘導している。

大猿は今度は横の壁を突き破って、道に飛び出してきた。ワニの牙に裂かれた胸の傷が、みるみる治っていく。傷つかないのではなく再生する身体か。

(痛くてつらいよね……／なら、突き破って急所を貫けばいい)

混ざり合った感情だが、身体は迷わなかった。

ワニの杖を使う。一頭はまた白猿の腿《もも》に噛みつき、ひねりを加えて動きを止めた。もう一頭はラッツベインの背後、近づいてきていた刃のヴァンパイアに噛みついた。

そして跳ね上がり、頭上を越えて……白猿の身体にもう一体のヴァンパイアを突き刺した。

仲間の身体に串刺《くしざ》しにされ、地面に縫い止められた猿は叫ぶ。のたうち回るが外れない。複雑な形のヴァンパイアが逆棘《さかとげ》のようになっていた。刺さったまま暴れられて、猿の身体の中で刃のヴァンパイアはぼきぼきと無理な形に折れ曲がっていく。悲鳴が重なった。

ラッツベインひとりであれば吐いたかもしれない凄惨な光景だが、杖をもどして意識を

集中した。魔王術を仕組む。

この二体の強度は、魔王術を使う必要まではないと見ていた。だが通常術では、この一帯を吹き飛ばすくらいの威力がないと通じないだろう。余計な犠牲者を出さずに済ませるにはこれしかない。

二体を同時に消し去るような術はかなり難しい。時間をかけて仕組みあげる。術を放ち、魔王の声を唱えた。

「銀河光芒《こうぼう》の雨浴びて、大河にも星が棲《す》み醜鬼踊《しゅうきおど》る。磔《はりつけ》の樹より剥がれ落ち、滴涙《てきるい》の列、罪の数続く……」

術が始まり、ヴァンパイアらの身体に変化が起こる。

解きほぐされて消えていく。世界から解消される。切り取られていく。

ラッツベインにもだ。力を使うだけではなく、血が薄れて倦怠《けんたい》感に襲われる。

術が完成してヴァンパイアは消え去った。もう思い出すこともできない。両名の名前だけが——術の中で暴き出した本名が、うっすらと頭に残っている。これを記録しておかないと、記憶が失われた時に術は解けてしまう。

ふらりと倒れかけたラッツベインの身体を、誰かが受け止めた。エッジだ。もう感覚は共有していない。力尽きて同調術も解けた。

静まり返っていた。魔王術を目の当たりにするのは、この場にいる誰も初めてだろう。

驚愕《きょうがく》の眼がずらりと並んでいる。彼らは驚異を見た。魔術を見た。魔王術を見た。ヴァンパイアは……見たが、記憶に残っていないだろう。そのことをまた、恐れに感じたに違いない。魔術で心をもいじられたのか。魔術士はただ従順に、壊れた道具を直したり土木工事を手伝ったり、怪我人を治したりするだけのものではないのか。

そのうち誰かがなにかを言い出すだろう、とラッツベインはぼんやりと想像した。第一声は市議員か、サルア市長か、他の誰かか。第一声の後は雪崩《なだれ》を打って行動が起こる。逃げるか、姿を隠さないと。

ワッと――

弾けそうになった機先を制して、エッジが告げるのが聞こえた。

「ここでわたしたちになにかあれば、今の魔王術の封印が解けて、さっきのふたりがこの場に現れるわよ！」

と、道に残った破壊の跡を指し示した。

そこにはヴァンパイアがいたはずだった。ついさっきまで、激しくなにかが暴れていたのだけははっきり分かる、ひび割れとえぐれた痕跡がある。

当然、周りもだ。家がさらに潰され、爆発の跡もある。ほんの数分の騒動だったが、目と耳を打った激震は身体が覚えている。

盛り上がりかけた人々の意気が、すっと引くのがラッツベインにも分かった。畳みかけてエッジが続ける。

「いま、自分の足が竦んだのを覚えておきなさい！……魔術戦士が戦いをやめたらどうなるかあなたたちも分かっているくせに、建前だけでなにを言えるつもりなのか!」

「エッジ」

ラッツベインは胸に手を当て、妹を制止した。どうにか自分の足で立つ。

「彼らが怖がるのは当然。わたしたちだって……怖くなくなったら、おかしくなる」

「姉さん」

身体を支えようとする妹の手は、いつになく優しい。

きっと怖がっているからだ。同調が途切れても、通じるものはある。妹も恐れている。今の戦闘をでもないし、目の前の群衆をでもない。きっと、魔王術をでもない。止められない世界の変化をだ。

周りにいる人々からは、やや浮かび上がって。ひとり違う動きをしている人物がいたので、目についた。鬼のコンスタンスだ。路地から出てきたのだろう。ゆっくりかがみ込んで、彼女の狙撃拳銃を拾っている。ラッツベインがいつの間にか落としていたものだ。

コンスタンスはなにも言わず、こちらを見ていた。人々と違ったのは、眼差しに感情ではなく意志が感じられたからだ。なにかを言おうとしている。言葉にしないが。

もっと複雑な言葉だったのかもしれないが、とりあえずは〝いいからさっさと行きなさい〟というところだろう。それで気づいたが、派遣警察隊は混乱から覚めてもう仕事を始めている。それとなくあたりに散って群衆の動きを抑えていた。サルア市長を議員団から離して引き上げさせようとしている。我先に逃げたがる人たちの誘導も。

視線をもどすとコンスタンスはもうこちらを見ていなかった。部下に指示を飛ばしている。部下たちは彼女を見て、そしてじゃっかん不思議そうにしてから、命令通りに動いていった。コンスタンスの顔面に足跡がくっきりついていることを問い質す者は、まあいないらしい。

「わたしたちももどりましょう。今のを報告して、記録に残さないと。それに、ラチェのことも」

「……ええ」

エッジとふたり、学校に向かう。

これより数分ほど遅れて……恐らく、最初のタイミングから十二分後だったのだろうが。街の別所でも同様の襲撃があり、そちらでは魔術戦士二名が殺害され、さらに多くの犠牲者が出た。そしてラポワント市と派遣警察隊は破滅的な戦闘状態に突入していく。

それをラッツベインが知るのは、学校にもどってからのことだった。

12

ビッグマグマ超新星爆発によって宇宙から降り注いだ未知のエネルギーが、世界中から死体を蘇らせた。地の底から這い上がってきた毒ゾンビは生者の温《ぬく》もりを求め肉と脳を食い荒らす。地獄と化した地上は混乱を極め、十年……もはや生存者がどれだけいるのかも分からず、主人公マイク・ストライダーは今日も流離《さすら》うのだった。

「あー……」

マイク・ストライダーは手に持った紙を見てから、迫り来る毒ゾンビの群れに指を突き付け、睨みを利かせた。

「来やがったな、毎度おなじみのクソゾンビども。相も変わらずひでぇツラだぜ。俺様のサンダーもっちり拳《けん》を喰らえばますます見れたもんじゃあなくなるな。ぶっ飛ばされる前にてめぇの鼻とお別れをしておいたらどうだいたたたたた痛い、まだ喋《しゃべ》ってるでしょう！」

話が長すぎたせいか、迫り切った毒ゾンビに指を噛まれて、振り払う。

また紙を見て、続きを言った。

「えーと、まったく見れば見るほど反吐《へど》が出るゾンビどもめ。どんなつもりでゾンビでいやがる。そのゾンビさ、恥ずかしくねえのか。ゾンビ過ぎてまったくどうしようもいてててててて！　まだですってば！」

しつこく噛んできた毒ゾンビから指を引っ込める。

毒ゾンビは不服そうに怒鳴ってきた。

「トロいのよあんた！　そんくらいの台詞《せりふ》、ちゃちゃっと言いなさいっての。それにどうせ最後に噛まれないと次に行けないんでしょ」

「歯が妙に尖ってるんですよ！　普段生きた獲物でも食ってるんですか！」

「役作りよ！」

「役で歯が尖りますか！」

こうしてマイク・ストライダーが豪快な必殺拳法で毒ゾンビの大群を蹴散らす。それはこの十年も繰り返されてきた、悪夢じみた日常と言えた。

しかし今日はいつもと違うことが起こったのだ。

「アーレー！」

美女の悲鳴だ。マイク・ストライダーの心に動揺が生まれる。なにしろ自分以外の生存者を見たことなど数か月ぶりのことだ。ここ最近出会った連中など、身体を機械に全とっかえした狂気の老将軍、月から来た緑色の怪物スライム、洞窟でキノコを育てているうちにキノコに人格を乗っ取られた連中だのといった怪物ばかりだった。

見ると美女はすぐそこで、破れたドレスを引きずりゾンビたちから逃げている。なんということだ。今にも毒ゾンビに掴まり、柔肌を引き裂かれてしまうだろう。

「お嬢さん！」

マイク・ストライダーは美女に向かって叫ぶ。

「俺と子作りする気があるならこっちに来なァ！」

美女は立ち止まって、嫌そうに眉根を寄せる。

「えー……」

「そこ躊躇すんのかよ！」

「あんたに子作りとか言われると引くわぁ。もちっと毛とか生やして男フェロモン出してくんないとさあ。もう養子か猫を飼うとかで良くない？」

「それ役の台詞と違うだろ！　ていうかそんだけ言われたらこっちが引くわ！」

マイク・ストライダーは紙を地面に叩きつける。

美女も紙を持っているのだが、それを確認してから肩を竦める。

「だってここ、アドリブでなるべく本音をって書いてあるもの」

「救いねえ！　しかもいてててて！」

また噛んできた毒ゾンビを押しのけて、捨てた紙をまた拾う。

「だからいい加減に――あ、ここは普通に噛まれるとこなのか。ええっと。うぎゃあ美人さんに気を取られて油断したぜえ。なんてこったい」

食いちぎられた腕を押さえながら（今さら言うまでもないが彼は不死身のヒーローである）、マイク・ストライダーは美女と一緒に毒ゾンビの群れに取り囲まれた。毒ゾンビの中には彼の腕を食いちぎった最も凶悪な面構えの一匹がおり、まるでそいつがこの大群を率いているかのようだ。毒ゾンビに知能などはカケラもないが、奴らは生者を餌食にする欲求のもと、団結的な行動を取ることもある。

「えーと」

改めて、マイク・ストライダーは紙を見た。

「こいつは年貢の納め時かもしんねえなあ。グズでドジで脇も臭いオイラのチンケな一生もここでおしまいでやんすかトホホ……なんかこれキャラ変わってないか？」

「そういうとこ今さらこだわる？」

わりと冷たい目で美女が訊いてくるが、マイク・ストライダーは釈然としないまま、

「だって一応、俺はヒーロー役だっていうから……」

「あーウザ」

言い合っていると、毒ゾンビも加わってきた。

「それ言ったらわたしだって、異世界から征服に送り出されるも使命と人情の狭間《はざま》に苦しむ孤高の女将軍……てとこから開始二秒で毒ゾンビに変更されてんだからね」

「それは仕方ないですよ。先生、開口一番『グヘヘヘヘ、女子供から殺していけ。奴隷にもなりゃしねェ』とか口走ってたじゃないですか」

「衣装でテンション上がっちゃってたのよ」

「ったく、ふたりとも文句ばっかり。わたしなんて衣装が破れてない役なんて一回もやってないんだからね。あの変態野郎……」

「はい、しゅーうりょうー」

最後の声は、空から聞こえてきた。

ばんっ！　と地面から跳ね上がるような音が響き、実際に足下が揺れる。箱庭の住人が、その外側に世界の持ち主があったことを知った時のように。実際これは比喩でもなんでも

ないのだが。

毒ゾンビだらけの荒れ果てた荒野も。謎の光線が降り注ぐ緑色の空も。すべてが折り畳まれて消失する。意識が反転し、引っ繰り返って——

フィンランディ邸の庭先に入れ替わった。感覚としては空間転移やそういったものに近いが、実際に別空間にいたのか、そんな気がしていただけなのかは分からない。強大きわまりない魔術の効果にさらされていたのは確かで、たった今、それが解除された。マヨール、イシリーン、イザベラの三人はもはやマイク・ストライダーでも肌も露わな美女でも毒ゾンビでもなくなり、真夜中のローグタウンにもどってきたわけだ。

庭にもどったマヨールは、門のあたりに立ってにやにやとこちらを見ている男を見返した。そいつがいるのは分かっていた。手には本を持っている。ただの本ではない、表紙と裏表紙が魔術文字でびっしりと埋め尽くされた、魔術道具だ。それがどういうものかはマヨールも知っている——というかさんざん自慢されたからだが。

その本はどのページを開いても白紙になっている。指を当ててなぞると思いつきが物語になって記される。登場人物として設定された数名をその物語に送り込み、演じることを強要する。そこでなにが起ころうと、現実にはなんら影響を与えない。中で傷つこうと、死のうと、効果が終われば無傷だ。

カミスンダ台本、とジェイコブズは呼んでいた。天人種族の遺物としては聞いたことがない。貴族連盟の側で秘蔵していた代物か。

その時代物の本をぱたんと閉じ、額に押し当てて。ジェイコブズは大袈裟《おおげさ》に悲嘆のポーズを取ってみせた。

「おおーう、なんたーるしょうもなさ。せっかくの最高の舞台を、ヘボ役者がかくも無残に踏みにじる。犬だって吠《ほ》えるべき時に吠えそれ以外は黙っていることくらいは覚えるというのに……」

ムッとしながら、イシリーンがうめいた。

「あんたが参加しろって言うから付き合ってやったんでしょうが」

「その通り。まさか荷が勝ってるとは思わなかったのでねえ。いかんなーやっぱりいかんなー。《塔》って連中は日頃筋肉ぶっとくするのにかまけて、芸術のゲの字にもドンタッチかね。ん？」

たっぷりと嘆いて、本をぽいと後ろに投げ捨てる。

そこに魔術文字の光が閃いた。本からではなく、地面だ。人影が現れる。女の姿だった。長い、緑色の髪が夜風にたなびく。

緑の髪の女は本を受け取った。本は女の指先に触れると光を散らせて、分解された。女が身につけている、細いチェーンのペンダントに、小さな本の形の飾りがひとつ増えた。首飾りにはじゃらじゃらといくつもの小物がぶら下がっている——いま加わった本の他に、指輪や家具のようなものから、武器の数々まで。

ジェイコブズは振り返りもせず、指をぱちんと鳴らした。女がその指先に合わせるように手を振ると、ペンダントから飾りがひとつ減る。光の文字が集まって、ジェイコブズの手に、道具がひとつ現れた。

ばしん！　と地面を叩く音。ジェイコブズは鎖の鞭《むち》を振るいながら笑い出した。

「ならせめて、知性と感性の足りない分は腕力で示してもらおうかな……？」

ダッと駆け出したのはイシリーンではなかった。

イザベラだ。突進しながら破壊の構成を編んでいるが……

唱えるよりも先に、ジェイコブズの鞭が足下に飛んだ。イザベラは回転してかわすが、起き上がる顔面に鞭が追いかけて、彼女を打ち据える。

それがなければ術は発動していたかもしれない。イザベラは代わりに罵声を吐いて、後方に跳んだ。追いかけてくる鞭の先端を左右に避《よ》け、反撃の隙を探す。だが練達の教師をジェイコブズの鞭はどんどん追い詰めていった。

ジェイコブズが達者なのではない。彼はただ鎖鞭を持って突っ立っているだけだった。鞭はやはり天人種族の魔術道具で、持ち主の思い通りに動く。

その様を眺めながら。

マヨールは腰に手を当て、深々と嘆息した。

「……また始めたかー」

「加勢しないでいいの？」

横で訊いてくるイシリーンに、肩を竦める。

「ただの憂さ晴らしだよ。先生も分かってる」

「でも負けたら、また憂さを溜め込むわよ」

「負けはしないだろ」

と言っていると。

イザベラはいつの間に掴んでいたのか、握っていた砂をジェイコブズに投げつけた。鞭は咄嗟に防ごうと動いたが、止められない。

「痛い！」

目を押さえたジェイコブズを蹴散らす、とマヨールは予想してた。そして姿はなくともそこらにいるはずのガス人間が大挙して現れ、ほどほどに仕返しされて終わりだろうと。

だがイザベラの狙いは違った。ジェイコブズを無視してイザベラが突っ込んだ先は女のほうだった。

「白の閃光《せんこう》！」

熱衝撃波を撃ち込む。掛け値なし、最大の威力だ。

緑の髪の女は動きもしない。強烈な熱波と爆発にさらされても微動だにしなかった。

イザベラもそれだけではやめない。

次々に術を紡いでいく。思いつく限りの殺人術を試しただろう。あたりには地面の灼ける臭いと肌触り、風の膨らみと圧力が荒れ狂っている。イザベラの内心をそのまま外に出したように。

していた。
空間爆砕に振動波、火焔《かえん》に冷却まで織り交ぜたが女は気づいてもいない様子で立ち尽く

だが意識がないわけではない。最後にはゆっくりと腕を上げ、イザベラの鼻先に文字を描《えが》き始めた。

死の魔術文字だ。あっさり読み取れるくらい単純な効果だった。イザベラをバラバラに吹き飛ばすだけの。マヨールは後ろから防御の構成を編んだ。イシリーンも、イザベラもだ。三人で力を注ぎ込み、三重の防御障壁を張る。

魔術文字は防壁を容易《たやす》く突き破って炸裂した。イザベラの力場の壁を突破し、イシリーンの対抗衝撃波を打ち消して多少は減衰したものを、マヨールの空間歪曲《わいきょく》がかろうじて効果逸らしに成功した。文字の爆発は空に向かい、天までとどきそうな音を轟《とどろ》かせた。雲でもあればそれが裂けるのが見えたかもしれない。

音だけで平衡を失い、マヨールはその場に膝をついた。

一般的に――

天人種族の魔術の特徴は、まずはほぼ永続に近い効果が望めることだ。

これは媒体が文字であるからで、文字が破壊されなければ魔術構成も保たれる。これが最も顕著な音声魔術との差だ。

効果の強さ、威力に差があるのは、これに比べれば副次的なものに過ぎない。ただし、天地の差がある。媒体が文字であるため構成が発動した後も複雑さを損なわない。そして

天人種族との生物的な強度の差だ。魔力自体がべらぼうに強い。

そして始祖魔術士はさらに桁が違う。

(てのは分かっていたけど)

耳の上を叩いて、意識を保った。

女はまた同じ文字を描こうとしている。イシリーンとイザベラは動けない。

その女の手首を、ジェイコブズが掴んだ。書きかけの文字が消える。

ジェイコブズが鞭を手渡すと、女はそれを首飾りにもどした。そしてまた動かなくなる。

ぼんやりと虚空を見つめて。

「…………」

ぱくぱくと口を開け、ジェイコブズがなにかを言っているらしい。なにやら青ざめて、総毛立った形相で。空のほうを指さして。

見上げてもなにもない。話のほうは耳鳴りで聞こえない。

マヨールは、なにを言っているんだ？　と訊ねた。というかそのつもりだったが、実際に声が出たかは分からない。ジェイコブズはまだぱくぱく続けている。

「…………………！」

「…………を……ってるんだ!?」

「…………！」

「なにを言ってるんだ!?」

「……………………！」

何度か繰り返して。

はたとマヨールは、自分の声だけ聞こえているのに気づいた。

ジェイコブズはまだ口だけ動かしている。さらに頭を抱えてうずくまり、おいおい泣き出した。マヨールはしらけて眺め、爪先で彼を蹴った。

「おい」

ぴくりとジェイコブズが顔を上げる。涙の跡ひとつない。

「なにも言ってないだろ」

「察しが遅いねー」

へらへら手を振り、ジェイコブズはわざとらしく笑い出した。

「いやー、やるよねーおばちゃんも。シスター・ネグリジェちゃんから関心を引き出すくらいにはやっちゃえるのだねえ。俺たちは結構時間かかったんだぜー。つねってても揉んでも駄目だし。爆薬使ってもぼーっとしてやがってさ、こいつ。危うく全員消し飛ぶとこだったけど、試すくらいの価値はあったなー」

ぺんぺんと、緑の髪の……シスター・ネグリジェ（この命名について、ジェイコブズは「だって造りモンだしよぉー」と語った）と名付けられた偽造アイルマンカーの頭頂を手のひらで叩いてみせる。

イザベラは最もダメージが大きく――標的になっていたせいだが――まだ這いつくばっ

ている。目だけは凶暴にジェイコブズを睨んでいた。

そんな悪感情もどこ吹く風で、ジェイコブズは上機嫌に続ける。

「役者はへぼでも本職となるとやはりそれなりか。悪くない、悪くないな。お約束のご褒美はやらずにいられない」

「施しなんて――」

歯を軋《きし》らせるイザベラを、イシリーンが慌てて押さえ込む。

「先生いいから！　ええと……そうよ。約束は果たしてもらうわよ！」

「もーちーのーろーん。よろしくてございましてますよ。世界と断絶されて手も足も出なくなったこの状況下でもわきの手入れを欠かしてなかったお嬢ちゃんの女っ気にも、おじちゃんは感動したしね」

「なによ。そんな感動でいいなら他の箇所にも秘密が――」

褒められて（？）まんざらでもなさそうなイシリーンに、マヨールは声をあげた。

「お前こそいいから！」

と、ジェイコブズが性悪ににやけて腕を組む。

「ほほーう？　これまた青臭い真面目っちゃんかね。分かってるかなーお嬢ちゃん。切り離されたこの世界、女の価値は高いよー。鞍替《くらが》えすんならいつだって大歓迎さ」

「あー……」

答えに迷ったイシリーンに、ハッと気づいたように首を振る。

「あ、駄ー目だ。お前のそれニセおっぱいだろ。ブラに詰めたもん出せ。それはそれで持って帰って大事にするから。え、違うの？　でもニセおっぱいヅラじゃん。ニセおっぱいイズヒヤって顔してんじゃん」

「どんな顔それ」

「だからそういう顔だって」

下卑た表情で言い捨てて、くるりと背を向ける。

隙なのだが、その瞬間にまたひとり人影が出現した。今度は空気から集まるように。ガス人間のオリジナル、騎士の姿のイアン・アラートがジェイコブズの後ろに現れ、気を張った。

結局、これなのだ。歯がみする思いでマヨールはつぶやいた。隙だらけのようでいて、そこに壁を用意している。ジェイコブズはそんな輩だった。

「じゃあねーい。約束の食料は、あとでとどけさせるよーん」

シスター・ネグリジェとイアン・アラートを引き連れ、あとは振り返りもせずにジェイコブズ・マクトーンは去っていった。

この閉ざされた世界の支配者であるふざけた男を見送って、マヨールらはなにもできずにいた。

13

ジェイコブズの言葉に嘘はなかった。小一時間後、彼らは持ち込んだ物資をいくらか分けてくれた。運んできたのはガス人間たちだ。

その整理をしているうちに夜が明けて、一眠りするともう昼前だ。

ジェイコブズと交わした約束とは、暇つぶしに付き合ったら食料その他物資を分けてもらえるというものだ。泣きついたわけではない。なんのメリットがあるのか知らないが、向こうから持ちかけてきた。

イザベラを説得するのには骨が折れたし、イシリーンですら（特にニセおっぱい疑惑以降は）乗り気ではなくなったように見えた。とはいえ他に食べ物を手に入れる方法はなく、フィンランディ家の備蓄はそう多いものではない。家中を捜索して缶詰や保存食の類を集めても、六人が数日も過ごせば底を突いた。

マヨールは何故か――というべきか必然というべきか、メンバーをまとめる役に回っていた。貴族共産会のお目こぼしで生きながらえるという状況にイザベラはいつでも噴火寸前だったし、イシリーンは偽典構成をどうにかものにできないか重圧を背負っていた。子供たち三人は、まあ、前と変わらず好き勝手だ。

誰かがまとめようとでもしなければたちまちに分解する。いや、もうとっくに分解しているような……

「あうち」

ラチェットが突然、平手打ちでも食ったように顔をしかめてうつむいたので、マヨールが切り出しかけた話は腰を折られてしまった。だがもちろん彼女の顔面になにかが当たったわけでもなく、脈絡もなにもない。

横に並んでいるヒヨが（この子は大抵横に並んでいる）、ラチェットに訊ねる。

「どしたのー。キモイ人に『ちょっと話がある』とか呼び出されてなにかと思えば言い出したのが『どう思う?』とかでなにこいつ死ね、っていう的なあうちー?」

「それもあるけど、もっと別のあうち」

淡々とラチェットは答えて、虚空を——なにか窓でもあるように見上げたが、あきらめて嘆息してみせた。

「途切れた。お姉ちゃんたち長持ちしない。電磁波なさすぎ」

「面と向かってなにこいつ死ねまで言われてしかも無視されている俺の忍耐たるや」

ふたりの向かいで悶々と耐えながらマヨールが口を挟むと、ラチェットはくるりとこちらに向き直った。

「忍耐すごいですね。それでなにを思うのかっていうのは、毎晩居間で無駄に続けてる会議の名を借りた女どものナヨっちいびりの内容についてでしょうか」

「今の状況もわりと近いけどね。どうせ君は、話も全部把握してるんだろ」

「なんでわたしに相談するんですか。ハッ」

また目を見開いて、狼狽えたように、ラチェット。

「ラブコメ野郎がわたしの好感度を上げに来た……」

「えー、ひどーい」

ヒヨが本当に気の毒そうにラチェットの肩を抱いて慰める。

マヨールはまた深々と息をついた。

「なにがひどいのかともかく、好感度なんか知らない。君に話しておかないと、気に入らなければ邪魔するだろ」

「まあ、邪魔します。邪魔なことしたら邪魔になるように邪魔します」

当たり前のようにラチェットは言う。

やっぱり話はイシリーンか、いっそイザベラに任せたほうが良かったのかな……という気もよぎるのだが。

そう複雑な話でもない。結界に閉じ込められてこの数日間、あのジェイコブズの暇つぶしに毎回付き合わされながらも、マヨールらは打開策を相談していた。結果は打つ手なしだったわけだが。

つまるところはそれに飽きたからというのもある。ヒヨと部屋に閉じこもっているラチェットに相談に来たのだった。

ここはフィンランディ家の、元は三姉妹の部屋だったそうだが。上のふたりが戦術騎士団に入ってからは、ほとんどラチェットが占領していたようだ。ラチェットとヒヨはベッドに腰掛けて、マヨールは壁際に立ったままだ。あまり中に入りすぎるとラチェットが露骨に嫌な顔をしてくる。

ともあれラチェットは窓のほうを見やって、こう続けた。

「まあ感想なら、毎晩飽きもせず同じ話ぐるぐる回ってる居間より、外のほうが気になってます」

「毎晩、手を変え品を変えてやってくるよな、あいつ……昨日はついに俺たちまで参加させられたし」

げんなりと、マヨールも同意する。

ジェイコブズ・マクトーンだ。あの男は毎晩決まった時間にフィンランディ家の庭先にやってきては、騒ぐだけ騒いで去っていく。最初の夜から一日も欠かさずだ。

「昨日のは外からは見えなくて暇でした。まあナヨたち消えた後、あの変態おっさんがひとりでナヨっちを二百通りくらいに罵ってましたけど」

「それすげぇ聞きたいけど聞きたくないな」

「その前はなんでしたっけ」

「鼻もぎサーカスだった。赤いつけ鼻を盗んだガキは殺すって、鼻もぎ用のノコギリ持ったピエロが徘徊《はいかい》して、正直かなり怖かったな」

「鼻もぎに特化したノコギリの形状が斬新だったよね。あれは鼻もげるよね」

ゆさゆさと、なんでか楽しげに、ヒヨ。

どうもラチェットとは別の意味で話すのに疲れる彼女を見やって、マヨールは訊ねた。

「君らも見てるの？」

答えたのはラチェットだった。窓を指さして、

「ええまあ、そこから。その前のは覚えてます。マッチョギ体操第一から第百まで」

「あれ長かったなー……マッチョギがなんなのか遂に判明！　って毎回煽って、結局分からなかったし。しかもこっちは一回もマッチョギに興味持ってないのに……」

「その前日のに比べればマシだったと思います」

「えー、わたしあれ嫌いじゃないよー。暗黒舞踏探偵団」

「暗黒舞踏で謎を解明！　って全員台詞なし白塗りで半裸だから、容疑者も探偵も警察も誰が誰だか分からないし」

「だから分かったってば。二幕のじゃんけんであいこになった人から逆立ちになっていく中、ぷるぷる震えてた人が犯人なのー」

「それ分かっても、だからなにじゃん。その人ホントにぷるぷるしてただけだし」

「今夜はなにかなー」

他になにもないから、ヒヨはどうも楽しみにしてしまっているらしい。左右にゆらゆら揺れながら夢見るような顔をしている。

機嫌のいいヒヨにラチェットがなにか言いかけた。と見えた。しかし口をつぐんだ。そろそろこの娘にも慣れてきて、マヨールも察することがあった。

「ラチェット」

呼び止める。といっても彼女は去ろうとしたわけではないし、ここが彼女の部屋だ。ラチェットの顔つきがいつもと違った。そう見えた。ほんの一瞬だが。ヒヨに向けた眼差しが妙に冷たかった。

「今の、どうかしたか?」

「いいえ」

きっぱりと否定してくる。マヨールは食い下がった。

「なんか様子が変じゃないか。この頃」

「妄想を証拠みたいに言われても。名探偵?」

「だって今の——」

「馬鹿なこと言ってないで少しは黙ってって言いそうになっただけです。ヒヨ、ごめん」

「………………?」

急にあんまりな言い様に驚いたが、ヒヨは気にしていないようで肩を竦めた。なんのことだがよく分からなかったものの、説明を求めても無駄のようだ。

「ともあれ」

マヨールは軽く頭を抱えた。

「いい手は思いつかないけど、じっとしているのも限界だ。特にイザベラ先生がね。揺さぶりをかけるつもりで、向こうを探ってやろうと思っている」

「ぼかーん、ずがーん、どかばきな感じで？」

「もう少しスマートにやりたいとは思ってる」

「そうですか。ならサイアン連れていってください」

「え？」

その申し出は予想外だったので、マヨールは戸惑った。

「なんで彼を？　危険もあり得るから――」

「サイアンは頼りになるです」

「そうかな。でも」

と、つい魔術士じゃないしと言いそうになって口をつぐむ。この軟禁状態でラチェットの機嫌を損ねるのは避けたい。

「彼のことをよく知らないから」

「そうですか。サイアンはもうあなたたち全員のこと知ってると思いますよ」

言葉に棘はあるものの、ラチェットはそれ以上追及はしてこなかった。こちらの呑み込んだ言葉を見抜いているだろうなとは思わせたが。

多少の気まずさを残しながら部屋を出た。居間には苛々が頂点に達して不機嫌顔の硬度が更新を続けているイザベラ教師と、隅でまた美容体操じみた偽典構成のトレーニングをしているイシリーンがいる。

「お姫様へのお伺いはどうだった？」

こちらを見もせずにイザベラが訊いてきた。

この不機嫌はいつもの故なきものとは違う。行動についてラチェットに話してくるというマヨールが気に入らないのだ。

「ラチェットは落ち着いてましたよ。機嫌は悪いようですけど。敵に会うならサイアンを連れて行ったらどうかと言われました」

「なんで？　魔術士でもないのに」

「ぼくらが暴れないように、足かせをというつもりなんだと思いますけどね」

「それか、この中で唯一、魔術士じゃないからかも」

イシリーンがつぶやく。両腕を交差して腰を捻《ひね》り、格好は間抜けだが。

「相手は反魔術士の筆頭だもの」

「俺は賛成です。《塔》の魔術士三人で行けば、喧嘩を売りに来たとしか思われないでしょう」

「喧嘩を売りに行かないわけ？」

「意味がなさそうならやりませんよ。今度また、先生が食ってかかって自滅しても無視しますからね」

ケッと吐き捨てて、イザベラはしかめっ面をした。

「クソ野郎を殴りそこねたのを後悔しても遅いのよ。敵が死体になった後じゃね」

「自分が死体になったら余計に後れが取り戻せないですね」

言い合って、あたりを見回す。

「で、サイアンはどこかな。どのみち、彼の意向も聞いてみないと」

「庭に出てるわよ？」

窓際でまたくねくねしているイシリーンが答えてくる。

ありがとう、と告げて玄関に向かった。

数日間閉じ込められてきたが、他人の家に慣れるのは妙な感覚だ。フィンランディ邸はそれなりに広く部屋もあるが、落ち着いて寝られるのはラチェットの姉妹部屋、魔王の寝室、あとは客間に使われているらしい離れだ。ラチェットとヒヨは部屋に、魔王の寝室はイザベラとイシリーンが使っている。サイアンは離れで寝泊まりして、敵の出方が分からないものの（今のところは例の、毎夜の小劇場だけだ）彼ひとりにしておくのは危険ではないかというので、マヨールも離れの別室で寝ていた。

隣で過ごしているわけだが、ラチェットに皮肉られたようにほとんど話もしていない。避けていたつもりもなかったが話題がなにもなかった。アーバンラマの三魔女についてなど、聞き出すべき情報はあったのかもしれないが。

サイアンは庭先から身を乗り出すようにして、坂の下のほうを眺めていた。

近づいていく間に気づいてくれれば楽だったのだが、少年はまったくその様子がない。

仕方なく、マヨールは挨拶をいくつか考えないとならなかった。

「やあ」

考えた末がそんなものだったのだが。

うさぎのようにぴくりとして、サイアンが振り返ってくる。

「あ、ども」

返事もそんなものだ。マヨールはとりあえず訊ねた。

「なにを見てたんだ？」

「あっ……ここから、ぼくが住んでた家が見えるので」

「へえ？」

一緒に、彼が見ていたほうをのぞいてみる。

どれかと訊かなくとも、なんとなく見当はついた。坂の下に二階建の屋敷がある。やや古くなって屋根が傷んでいるのも分かった。

「あの窓がぼくの部屋で、外を見るとラチェットがここにいて、それでぼくが家を出て遊びに……て感じで。子供の頃は」

まだ幼そうに見える少年から昔話を聞かされるというのは、奇妙な気分ではあった。ただサイアンは大真面目に、たいそう過去のことと感じているようだ。

「楽しかったな。あの頃はまだラチェットも普通で――あ、いや、今が普通じゃないわけでもないですけど」

急に夢見心地から我に返って、あたりを見回す。監視でも恐れるように。

監視で思い出して、マヨールは息をついた。

「ここいらも、ガス人間に監視されてるはずだ。ひとりで出ているのは危ないよ」

「そうですか……そうですね。でも、あれも気になって」

と指をさしたのは村のもっと先だ。

一番スペースのある広場のあたりだろう。途中に林などもあってここからでは見えにくいのだが、それでも目立つ巨大な建造物が出来上がっている。

それはいつの間にか存在していた。石造りのドーム状の建物だ。間近で見ないと分からないが、一個の石で出来ているような外観だ。

ジェイコブズらが本拠地にしているのがそのへんであるのは分かっていたので、最初は単に、持ち込んだクリーチャー調整槽や人員の宿舎を建てたのかと思っていた。人造アイルマンカーがいるから、命令を聞かせられるならそんなものを造るのも容易だろう。

ただ、サイアンは物憂げにつぶやいた。

「あれ、入り口がないですよね」

「え?」

マヨールはきょとんとして、もう一度ドームを見やった。

「見えない側にあるんじゃないか?」

もちろんここからでは、裏側は見えない。

サイアンは肩を竦めた。

「あのあたりで一番大きな家は、あれなんです。見えますかね赤い屋根の」

「うん。ドームの手前の」

「ぼくらがこの村に入った時は、あいつらは隠れてましたよね。大きな荷物や人数もいたはずなのに。戦術騎士団に見破られたくなかったから人目を避けてた。そんなのを隠せる家はそうそうないから、あの家使ったと思うんです。後であのドームに引っ越しするなら、入り口はこっち側に作りそうじゃありません？」

「そうだけど、あいつらには想像越えた魔術があるしね」

「ですよね。なにかを運び出すのも見てないですし。というかここ何日も、ジェイコブズとかいう人以外、ガス人間しか見てないですよね。みんなどこにいるのかな」

ぶつぶつと、サイアンは続ける。なにか結論があって言っているのでもなく、思いついた疑問を口にしているだけのようだが。

「建物ってずっと建ってないといけないわけですよ。でも常に潰れようとしているんです。だから大きな建物ほど、重さのバランスって大事なんです……ていうのは父さんの受け売りですけど。あんな大きさの石の塊なら、出入り口一個作るのも細心の注意がいりますよ。穴を開けるってことですから、重みで自壊するかも」

「天人種族はほぼ壊れない物質を造れる。重量も自在だ。魔術でね」

答えながら、ふと。

頭を過ぎったものがある。既視感かと思ったが、違う。似た会話をしたことがあったのだ。昔だ。幼い頃。タフレムの子供が空を見上げて一度は抱く疑問。マヨールが今言ったような返答を、その親ができるかどうかは家庭次第だ。マヨールの父は同じことを即答した。

フィンランディ邸のほうを見やった。みなに相談すべきか。だが。

イザベラ教師の爆発癖を思い出して踏みとどまる。こちらが察したということを今はまだジェイコブズに知られたくない。だがイザベラがいたら無理だ。彼女はすぐさま敵を殺す気になるだろう。だがこれはもっと複雑な状況だ。直感がそう告げていた。

これからすることは愚かな衝動かもしれなかったが、最も正しい行動はきっと——

「ちょっと、ふたりで見にいってみようか」

サイアンを遮って、声をかけた。

彼は少し戸惑ったようだが、ええ、まあいいですけど、と返事してきた。

14

「……というわけでね。貴族共産会とは因縁というか、対立があるんだよ。こっちでいう戦術騎士団と市議会みたいなものかな。いや、革命闘士とのほうが近いか」

「どこに行っても魔術士と非魔術士なんですねえ。キエサルヒマ島には一度行ってみたかったんですけど」

村の中を進むうち、どこかで止められるのではないかという予想をしていた。ガス人間かなにかが現れてだ。

だが実際にはなにごともなく、マヨールとサイアンは石のドームに近づいていった。村はやはり無人のように見える。リベレーターはどの家にも入り込んでいなかった。ただやはり一通りの捜索はしたようで、扉が開いたままになっている家もちらほらある。ひとつをのぞいてみると食糧などがなくなっていたが、これは元の主が出て行く際に持っていったのかもしれない。ローグタウンの住人は魔術学校に避難しているはずだ。

フィンランディ邸から下ってドームを見上げるようになると、近づくにつれ大きさが余計に重みを増していく。

まだ周囲の警戒はしながら、マヨールは世間話に答えた。

「これからは、キエサルヒマと原大陸って溝のほうが深そうだよ」

「そうなんですかね……マヨールさんは、これからどうするんですか?」

「どうって?」

ガス人間の気配のほうが気になっていたのだが、問われてマヨールは瞬《まばた》きした。

サイアンは邪気もなくこちらを見ている。

「全部が終わったら、向こうに帰るんですか?」

その終わりがなにを意味しているのか、それが問題な気はしたが。

触れずに、ごく当たり前の返事をした。

「ここには妹を連れ帰りに来たんだ」

「妹さんが？」

「まあね。魔術士が嫌で飛び出したんだよ」

「……魔術が上手くなかったとか？」

気後れしながら訊いてくる。

マヨールは少し驚いた。

「なんで分かるんだ？」

「魔術士が魔術士を嫌がるのって、そうかなって」

「まあ、そうか。うちは両親とも教師だから、余計に息苦しかったんだと思う。ラチェットもそうなのかな」

ふと思いついて言う。サイアンは複雑そうに考え込んだ。

「ラチェは、逆側も嫌いなんですよ」

「逆？」

「魔術のことしか頭にない魔術士も、魔術士のことしか頭にない非魔術士もおんなじだって言うんです」

「ふうん。気持ちも分かるけど、どうやったって魔術は大きな力だしな……」

「マヨールさんは、一流の魔術士なわけでしょう？」

「多分ね。この頃、凹まされることばかりだけど」

「どんな仕事をしていくんですか」

「《塔》で教師になると思うよ」

ぼんやりと答えた。上の空というより、考えてもぼんやりした答えしか見当たらなかったのだが。

サイアンはゆっくり続けた。

「ラチェットは、事業がしたいっていうんです。魔術士だとか関係なく。それでお金貯《た》めてます。アルバイトとかで」

「魔王の娘が？」

「アルバイトはぼくとヒヨですね。ラチェットはどこも雇ってもらえないので怪しげな話を見つけてはよく失敗してます。ヒヨは亡くなったご両親の手当もあるので……倹約して、結構貯まってたんですよ。今回の騒ぎで貯金なんてどうなるか分かったもんじゃないですけど。暴動で叩き壊された銀行もあったようですし」

「となると、君らのほうが先のことはよく考えてるのかな」

ため息をついてマヨールはうめいた。

「俺はすっかり行き先不明だよ」

「でもさっき、教師になるって……」

「考えずにいくとそうだってだけなんだ。うまく違いを説明できないけど」

というところで、広場に着いた。

といっても入れない。場所のほぼすべてを例のドームが埋め尽くしていた。

出入り口がどうのと考えたのも馬鹿らしい。手前にある赤い屋根の家は（確かにここいらで一番大きな建物だ）庭まで潰されていた。ドームは高さ十メートルほどもあるだろうか。こんな村には不釣り合いな巨大さで、存在感というより違和感の塊だ。

表面には傷ひとつない。やはり石を積んだものではなく、単一の材質で出来ている。出入り口はない。

地面にかがみ込んで、サイアンがつぶやいた。

「地下までありますね。埋まってます。これ、ドームじゃなくて柱かも」

「塔なんじゃないか？」

「え？」

マヨールは声を落とした。囁きかける。

「形は違うけど似たものを知ってる。正体を確かめたいんだ。ジェイコブズの気を引いて、反応を見たい」

「どうするんですか？」

「力尽くや駆け引きで敵う状況じゃないようだ。自分でも馬鹿なことを考えてる気がするんだけども」

一拍おいて、自分に言い聞かせる。正気かどうか。

確信はないまま口に出した。

「奴と仲良くなりたい」

「はあ？」

「適当でもいいから取り持って欲しいんだ。だしになってくれ」

どうせへボ役者だ。騙す手は通じそうにない。嘘も駆け引きも苦手だ。妹ならうまくやるのかもしれないが。

だが推測が正しければ、向こうにだって選択の余地はないのだ。サイアンがうまくやってくれればどうにかなるかもしれない。

マヨールは立ち上がり、息を吸った。

「だから、誰かが生《い》け贄《にえ》になることでこれは動かせるんだよ！」

「ええ？」

目を丸くするサイアンの顔を見返し、声を大きくして続ける。

「俺の母親はその場に立ち会ったんだ。叔母《おば》さんがこれを制御した。貴族共産会の息の根を止めた装置だ――」

突然。

空が暗くなった。暗雲が立ちこめてごろごろと稲光がちらつく。

カッ！　とひときわ強い閃光が目を刺し、轟く雷鳴に突風。遠くから――というほど遠くでもないが、要はそこらの家の陰から——重い車輪を押す、陰鬱な物音。荷車に乗せた巨大な棺《ひつぎ》を押しながら姿を見せたのは、頭巾を被った男たちだ。

ぶつぶつと祈りだかうめきだかをあげながら、六人。荷車を押してマヨールの前までやってくる。また雷。雨は降らないが風は急速に冷えた。

ギイ……と軋み。棺の蓋だ。風で鳴ったのか。それとも内側から誰かが開けようとしているのか。マヨールとサイアンが見守っていると。

「ワッ！」

「うわあああ！」

大声とともに後ろから小突かれ、マヨールらは転倒した。

見上げるとジェイコブズ・マクトーンがいつの間にか立っていて、腹をかかえて笑っている。

「ケパパパパ！　ケパパパ！　などとニューウエイブな笑い方でケパパパパ！」

そして荷車に飛び乗り、無造作に棺を開ける。中から饅頭を一個取り出して食べながら、振り返ってきた。

「訂正モトーム。息の根は止まってなーい」

にやにや笑いを浮かべているが——存外、目は真剣だ。

マヨールは息を呑んで睨み返した。合図はなにも出していないが、横からサイアンが言ってくる。

「ここは謝ったほうが……」

思ったより察しのいい子だ。マヨールは不満げな様子を作りながら、

「ああ。確かに、先生たちが倒し損ねたんだ」

それを言った時にはジェイコブズは饅頭を食べ終え、指を舐めていた。その指をぱちんと鳴らすと、頭巾の男たちが一斉に頭巾を取る。全員同じ、厳《いか》めしい顔つきの男たちだが額に饅頭が貼り付いている。

「よくできまちたー。食べりる？　ご相伴にあずかりる？」

「いらない」

「あっそ」

またぱちんと鳴らす。男たちは自分の頭を掴んで、頭巾と同じに引き毟った。その下にあったのは人間の顔ではなく、一見して正気も平衡感覚も失うような意味不明のだまし絵のようで、マヨールは自分の見たものがなんだったのかも分からず――

あたりがすべて反転して、現実空間にもどった。ドームの目の前だ。そこにもやはりジェイコブズは立っていたが、荷車も棺も男たちもおらず、カミスンダ台本を抱えている。

本を閉じてジェイコブズは言ってきた。

「では、お坊ちゃんはこれがなにかお察しか。ヒントは小出しにと思ってたんだけど、予想より早かったね。まあ君ら毎日これを眺めて暮らしてたんだっけ……」

彼が示すのは石のドームだ。

マヨールはうなずいた。

「世界図塔だな」

「またの名を召喚機。だーいじょーぶ。タフレム市に大穴残して持ってきたわけじゃないよ。あそこのはぶっ壊れて機能しないし。聖域のを持ってきたんだ」

「持ってきた……？」

「あほみてえな苦労だったが聖域から運び出した。船から持ち出せたのもぎりぎりのタイミングだったよー。我がシスター・ネグリジェが出来上がって、使わない時は持ち運べるようになったけどね。間に合わなかったら、船と一緒にガラクタにされるとこだった。オーフェン・フィンランディのクソ野郎ときたら壊しの名人らしいからね」

ジェイコブズが語ると、石の壁の表面に光の文字が灯《とも》り、そこから人が浮かび上がってくる。シスター・ネグリジェの緑の髪と服が最初に実体化し、次いですべてが現れた。ジェイコブズはカミスンダ台本を彼女に投げつけ、シスターは手をかざして本をペンダントの飾りにもどす。

「便利だよ、本当にその女はねー。オイ飯、オイ風呂ってなもんで、女ってのは便利なもんだが、ネグリジェ嬢は抜群だね。なんでも言うこと聞いてくれるし。おっ、青少年、今なに想像した？　帰ってから彼女にさせてみ？」

とこれはサイアンに笑みを投じた。

返事に困っているサイアンはおいておいて、マヨールは進み出た。

「これでお前が、俺たちを生かしている理由も分かった」

「そこは気づかれないうちに、じっとり交流して人選したかったんだけどねえ」

「基準でもあるのか」

「ないよ。でも、選びたいでしょ」

どこまでも薄っぺらい態度だが。

一息ついて、すっと細めた眼の端にのぞく剣呑《けんのん》さもあからさまだ。

「そろそろ分かってもらえないかな。このジェイコブズ・マクトーンがこの世界の勝者、ただひとりの支配者なんだ。単純だろう。単純で明白で、爽快じゃないか？　実に」

両腕を広げ、満面の笑み。両手に握った拳を腰まで下げて、スポットライトでも浴びているつもりか、たっぷりと溜めを作った。

「しちめんどくせえええええええ外の世界と違ってね！　要はすべてが広すぎたし、多すぎた！　こんくらいがちょうどいい！　分かってたんだよわたしには！」

「お前、正気か」

マヨールのつぶやきは小声だったが、ジェイコブズは聞き逃さなかった。

「どこが正気でない？　なーにが理にかなってない？」

すたすた詰め寄ってくると、目を見開く。

「なにもわたしは、自己犠牲でこんな役を受け持ったわけじゃあなくてね。クソ命令をわたしに命じたクソ連中を相手に、条件をつけた。ささやかなことさ。身の程を知ってるんだ。この狭い、閉じられた世界を永遠に、好きなように支配できる権利をね」

ハッハァ！　と翻ってトーンを上げる。

「外の世界で自由だか秩序だかを求めて戦ってる連中の気が知れんよ。実現はこっちのが確実だ。必要な道具を揃えて己だけの世界を創る。アイルマンカーにもならずにね」

「そんなことは――」

「あのう！」

横からサイアンが、大声を張り上げた。

びっくりして横目で見やるマヨールとジェイコブズに、気まずそうにもじもじしながら言ってくる。

「空気読まずにすみませんが……分かったとかそうだったのか的な雰囲気で進んでますけど、ぼくとしては話がさっぱりなんですけど」

「……そーかもね」

やや鬱陶しげな声音で、ジェイコブズが腕を下ろす。

対照的にサイアンは身を乗り出した。シスター・ネグリジェに顔を近づけ、しげしげ観察する。かなり不躾《ぶしつけ》に見つめても彼女は反応しない。なにごとにも関心がないように。

「まずこの人、誰なんですか」

「そこから？」

がっくりと、ジェイコブズ。マヨールのほうを責めるように見てきた。どうして説明しておかないのかという目だ。
「困るよーホント、こういうことはきちっとしておいてもらわんと。盛り上がり時っても
んがあってね、足並みそろってないとこんなことになっちゃうわけ。段取りよ。物事って
本当に段取り大事……」
ぐちぐち言い出す。
これは一種の合図だろうとマヨールは気づいた。サイアンからの合図だ。シスター・ネ
グリジェとこの村の結界についてはもう説明してあるし、分かっていないわけはない。
ただしジェイコブズの話には、こちらで分かっていなかったことも含まれていた。
棒立ちになっているシスター・ネグリジェの肩を抱き、ぐいと引き寄せても彼女は無反
応だ。されるがまま。
「このように冷血女でね。名前もシスター・コールドフィッシュとどっちか迷った。ま、
短いほうを採用したけど。本人は自分を誰だと思ってんのかね……」
斜めに傾けたところで手をはなす。
女はそのまま地面に倒れるかというところで身体をひねり、踏みとどまった。それまで
の棒立ちからは考えられないような滑らかな動きで、地味だが洗練された体術でもある。
腕組みして背後から眺め、ジェイコブズは続けた。
「まずはこの冷血女の関心を引くのが一大事だった。そいつは昨日も言ったねえ。アイル
マンカー、魔術の根拠たる不死の生け贄ってやつだが、所詮は模造品。力はかつての天人

種族そのものを再現しているものの、ハートは未熟で。あれだ。象なみに皮が分厚くなった分、神経が鈍くなっちまったってとこか」

「そいつはどうして、お前に従っているんだ」

「さあ。愛かな？　違うか。こいつを造った魔王がそうしてくれたっぽいって以外の理由は、わたしにもよく分からんね」

「魔王？」

サイアンが顔をしかめる。これは本当に分からなかったのだろう。ジェイコブズは声をあげた。

「魔王スウェーデンボリーだよ！　神人種族のね。三年前に《塔》の魔術士がキエサルヒマに連れてきた……」

「俺だ」

マヨールは思わずつぶやいた。

動揺を覚えずにはいられないが、合点もいく。

「魔王術の情報を漏らしたのは同盟じゃなくて、魔王か」

「オーフェン・フィンランディの一番でっかい失策だぁね。ま、情が徒《あだ》になったってとこか。わたしが奴なら――というか誰だって、もっといい手が打てただろうに」

「どんな手だ」

「魔王術は自分ひとりで使って、世界を我が物にだってできた。わたしにはその巡り合わせはなかったから、こんなところで我慢するが」

ぺしんと手のひらでネグリジェの頬を掴み、断言する。

「という前提を分かっておいてもらわないとね。うっかりわたしを出し抜こうとしたり、腹いせにブッ殺そうなどと思われては困るんだ。個人的にはおおむね死にたくないし」

「……つまり？」

「シスター・ネグリジェに命令できるのはわたしだけだ。おい、あの面白いやつよこせ」

彼が離した手の上に。

シスター・ネグリジェが指をかざし、文字を描《えが》く。魔術文字が実体化して道具に変わった。見たことはない武器だった。円盤のような形状だ。表面に複雑な模様が描《えが》かれている。すぐにも武器と分かったのは、ジェイコブズがそれを即座に投げつけてきたからだ。だが円盤はマヨールの鼻先で軌道を変え、上昇した。

円盤は激しく回転していたが奇妙なことに模様は回転通りに残像に溶けるのではなく、目に留まる別の形に変化していた。魔術文字だ。

途端、円盤の周りに炎が吹き出す。炎というより赤熱《しゃくねつ》した光の輪だ。

「あー、言っておくけどこれが面白いのは」

ジェイコブズがもったいつけて、解説をつける。

「これからどう飛ぶかは、投げたわたしにも分からんとこでね」

円盤はジグザクに落下してきた。

落ちてきたかと思えば地面すれすれで跳ね上がり、ネズミ花火よろしくに目まぐるしく軌道を変えた。真っ先に狙われたのは当のジェイコブズだった——ギャハハと笑いながらジャンプした足の下を通っていく。切り返して次にはマヨールとサイアンの間を通過した。もの凄《すご》い勢いで地面を引っ掻き、灼けた焦げ跡を残す。

「わああああ！」

慌てて転ぶサイアンの背中に、円盤が向かっていく。マヨールは防御の構成を編み上げて叫び、ぎりぎりで障壁を円盤にぶっつけた。金属を斬るような耳障りな音を立て、円盤がまた軌道を変える。叩かれた虫のように跳ね回る動きにだ。三度、四度と頭上から叩きつけてくる円盤から逃げ回って、反撃を放つ。

「光よ！」

光熱波が円盤を直撃するが。

円盤は動きを止めた。しかし有効だったかどうかは、かなり微妙だった。円盤は空中に静止している。術で傷つくどころか炎の勢いが倍加しているようにも見えた。回転も勢いを増し、声もとどかないほどになっている。

が、どうにかジェイコブズの声は聞き取れた。

「余計なことすると長引く仕掛け、こいつらってよくやるよね」

「うぜえええええ！」

と言うより他にない。

第二波の攻撃が始まった。

先ほどよりも速く、長く。今度は反撃も許されずにマヨールは逃げ回った。円盤は時にジェイコブズを狙い、サイアンが危なければ突き倒して逃がす。

さらに腹立たしいのは。

「おおおおお⁉」

円盤がジェイコブズに迫れば、それも防いでやらねばならない。幸い円盤はマヨールの防御術は反撃と見なさないようで、何度か術を放って誤魔化した。騒ぎの中、シスター・ネグリジェは相変わらず棒立ちのままで、実際に何度か円盤が当たっても髪がそよぐ程度にしか動きがない。不思議な光景だ。炎を吹き出し暴れ回る円盤が衝突してもびくともしないのに、髪だけが風に舞っているのだから。

三分ほどもかかっただろうか。ようやく円盤は力を失い、地面に落ちた。ネグリジェが手を振って首飾りにもどすのを見とどけて、マヨールは怒鳴った。

「どういうつもりだ！」

「いやー、分かっているかどうかを確かめたくてね」

あちこち身体を焦がしながら、ジェイコブズは笑い出す。

「今のでわたしが死んでたら、君らに待つのは実ーにゆーっくりした緩慢な……破滅だったってことさ。分かってるならいいんだけど、マジで」

「ふざけるのもいい加減に──」

「もう嫌だ！」

拳を固めて進みかけたが、後ろで泣き声をあげたサイアンに止められた。

振り向くとサイアンは地面にうつ伏せ、頭を抱えてわめいている。

「なんでこんな目に遭わないとならないんだ！　巻き込まれただけなのに！」

どう答えていいかマヨールは分からなかったが。

ジェイコブズの気配を感じた。動きがあったわけではない。見ると、ジェイコブズはその場で笑みを大きくしただけだ。

「こんな世の中に生まれただけなのに、とね」

と、サイアンが涙で濡れた顔を上げるのを待って、あとを続ける。

「若者はいつもそう泣くもんだよね。まあなんだ。気持ちは分かる。このジェイコブズの世界の住人になって、気に入ることも気に入らんこともあるだろう。が、ざーんねん。すべては運命だ」

退屈さすら感じさせて、すっかり王の口ぶりだった。

だがね、と優雅に付け加える。

「せめてよりよく楽しんでいこうよとは思ってるんだよ。この召喚機の準備が整えばね。これは結界の外から物を呼び寄せられる、唯一の手段だ」

「代償が……あるだろう」

「ないよ。ネグリジェ嬢が上手に使ってくれるなら……ね」

ジェイコブズは言ってから、大袈裟な沈痛ぶりを見せた。首を振ってため息をつく。

「だが万一ってこともあるのでね。そいつを避けるには、君らにも、負担ってものを覚悟してもらわないと」

「……どういうことですか？」

呆けたように訊ねるサイアンだが。

答えたのはマヨールだった。

「俺たちの誰かに使わせる気だ」

「そんなことできるんですか？」

「白魔術士にならら。つまりは魔王術士だ。俺たちの中なら、イシリーンだ」

唇を噛んで答える。言いながらジェイコブズをうかがった。彼はにやけて話を見守っている。やはり目をつけていたらしい。

「一度捕らえたエド・サンクタムなら申し分なかったんだけども。まあ、あるもんでどうにかするしかない」

「制御に成功しても、叔母はこの世から消滅した」

「うん、成功率も低かったようだしね。だからその心配は意味ないよ。クリーチャーとして分解して、複製した上で挑戦してもらうからさ。じゃなけりゃそもそも任せらんないしねえ」

「この――」

また殴りかかろうとして、今度制止してきたのはジェイコブズ本人だった。

「おおっとぉ！」

大見得を切る格好で、片目を閉じる。

「やりたくないなら、どうするつもりかね？　我々が持ってきた食い物だって無尽蔵にはないよ」

「……っ！」

思いとどまっただけでなく、実際に足が動かず。

見下ろすとサイアンに、ズボンの裾を掴まれていた。彼は……涙で腫れかかった目を見開いて、なんの感情も映さず、マヨールを凝視している。

いや映さないというのは嘘だ。はっきりと、無が色濃く見えている。理性や感情よりも先んじて反射的な色。思わず掴んでしまったという顔。その視線はマヨールからジェイコブズへと移って、シスター・ネグリジェまで見上げてからようやく、恥じ入るようにはっと引っ込んだ。

ジェイコブズもしっかり見ていた。そして満足げに顎を撫でた。

「ま、複製するんだからいいじゃないか。欲しけりゃ一体くらい分けますよ。イアン爺《じい》さんの複製どもを見るに、元の記憶はほとんど残らんようだけど、わたしの命令はなんでも聞くし、歳は取らんし体型も変わらないいいことずくめだ。手触りちょっとふわふわするけどね。うまくやっていこうじゃないか？　ここはわたしの世界なんだ。わたしの計画でやっていけば、悪くはならない」

彼はシスター・ネグリジェの肩に手をかけて、世界図塔のほうに押しやった。ネグリジェは指で文字を描き、壁に光の入り口のようなものを作ると、ふたりで中に入っていく。そのまま姿を消した。

しばらく打ち拉《ひし》がれ、みじめさを噛み締めてから。

マヨールはサイアンを抱え起こし、帰路についた。とぼとぼ無言でフィンランディ邸へと引き上げる。坂の下あたりまで着いて、サイアンがそこにある屋敷をちらりと見上げた。そこが昔住んでいた家だと、さっき語っていたが。

少しだけ足を止めた際に、マヨールは小声で囁いた。

「……俺たち、乗ってるように見えたかな」

「どうでしょうね」

サイアンもぽつりと答えてくる。

涙の跡もすっかり消えて、けろりとしていた。

それを見つけてやや微妙な心持ちになる。

「君、いつでも泣けるのか？」

「まさか。本気で怖かったんですよ。でもせっかく泣いたんなら利用するんです。魔術学校でぼくみたいなのがどうにかやってくには、世渡りがいるんですよ。慣れです」

「………」

ふと物思いに捕らわれていると、サイアンは小首を傾《かし》げた。

「どうしたんですか」

「いや、なんでもない」

実際なんでもないのだが、それほどなんでもなくない話ではある。妹のことを思い出していたのだ。

だがともあれサイアンの話に意識をもどした。彼は顔だけ見ると、昔の家を見つめて郷愁に浸り、愚痴を言っているようだ。

小声で話す内容はだいぶ違ったが。

「魔術士相手に話を誤魔化すのはいつもやってたんですけど、今度は相手が逆ですし。そうでなくても、すっごく面倒くさい人だなと思います」

「曲者《くせもの》？」

「いえ、ストレート過ぎて」

と、また坂を登り始めた。

「でもあとは、このこと話せばラチェットがいい案考えてくれますよ」

かなりあっけらかんと楽天的に、サイアンはそう言った。

15

「案なんてない。失せてくださ――失《う》せろ」

ラチェットは言下に否定して、音を立てて扉を閉めた。

廊下に取り残され、しばらく待っていたが。なにを待っているのかよく分からなくなり、居間にもどった。

釈然としないままマヨールがもどると、そこでは相変わらずのミーティングだ。イザベラが不機嫌にソファを占拠し、イシリーンが奇怪な体操をしている。ただ少し違うのは、サイアンもいてさっきのことを説明していた。

マヨールの顔を見て、イザベラはサイアンの話を手で遮った。

「あんたが説明しなさいよ」

ちらとサイアンを見やって、

「魔術を分からない子に説明されても、話が曖昧でしょ」

「サイアンはぼくよりものをよく見てますよ」

師の代わりにサイアンに詫《わ》びて、マヨールは続けた。

「ジェイコブズは聖域の第二世界図塔を持ち込んでいます。使用できる態勢を整えつつあるようです」

「あの偽造アイルマンカーにやらせる気？」

「その予定だったんでしょうけど。でも駄目だった場合に備えて、ぼくらを生かしてる」

「わたしたちが協力するわけないでしょ」

「クリーチャー兵に造り替えて、複製した上で試すつもりのようです。成功率の低さを数でフォローすると」

「あんんの……ゲス野郎！」

叫んで、テーブルを叩く。

頑丈な家具が割れたりはしなかったが、それでも床に深く響いた。

驚いたサイアンがよろめくのを手で受け止めて、マヨールは告げた。

「先生はもう黙っててください」

「なんですって？」

凶暴に睨まれても、引いている場合でもない。

「冷静でいられないなら不用だってことです。ジェイコブズ・マクトーンは確かにゲス野郎でしょうけれど、奴をどうぶっ殺すかなんて最初から問題でもなんでもない。これがどれだけ深刻な状況か分かってますか？」

「第二世界図塔はかつて、わたしたちの鼻先で使われたのよ。それが破滅を回避もさせたけれど、それまでの秩序も破壊した」

「奴の目的は違います。単にこの閉ざされた世界で快適に暮らすために使う。奴が取り寄せるのはなんだと思います？　食糧？　奴隷？　でも召喚の成功率は高くない。だったらきっと、一回ですべてを兼ねるものを手に入れようとするんじゃないですか」

「…………」

イザベラも察したのか、押し黙った。

イシリーンも手を止め、こちらを見ている。マヨールは告げた。

「魔王の力を召喚して、その力を手に入れる。ケシオン・ヴァンパイアの魔剣オーロラサークルや、魔王オーフェンの魔王術のように」

「問題がひとつあるでしょ。ジェイコブズは魔術士じゃない」

これはイシリーンの反論だ。マヨールは眉根を寄せて、うなずいた。

「それはその通りなんだ。俺にも分からない。誰か、信頼できる手下とかに使わせるのかな」

「それが魔術士でないとならないってことでしょ。そんな手下いる？　あのシスター・言いなりさんにさせるの？」

「便利に使っているから、そうかもしれない」

「はぁーあ……」

相づちともため息ともつかない声を漏らして、イシリーンが肩を落とす。

「ただでさえこっちには打つ手がないってのに」

「外の世界のことを考えると、また一段事態が悪化してる。結界で女神が現れるとしても、まだ魔王術で対抗できる可能性はあった。ジェイコブズが第二世界図塔で魔王の力を奪えば使えなくなるかも」

ただ、とマヨールは話を続けた。

「だけどこれは、まさに隙間だ」

「隙間？」

「見つける必要もなくなった。世界図塔は、外と内側を通じる装置みたいなものじゃないか。俺たちが手に入れて使えば一気に解決できる。戦術騎士団を召喚すればいい。だからあいつは俺たちに知られたくなかったし、攪乱《かくらん》のようなことをしていたんだろう。まあ後者はただの趣味かもしれないけど」

聞いているみなのうち、サイアンだけが顔を明るくする。

が、マヨールも含めて暗い視線をかわしているのを見て、きょろきょろと不思議そうにした。

「あれ、なんか打開策の話をしてたんじゃないんですか？」

嫌な気配を悟った少年に、マヨールは顔を向けた。

「二十三年前、世界図塔を使ったのは魔王オーフェンだ。だけど起動したのは複数の白魔術士で、俺の叔母もそのひとり。制御は至難で、成功には犠牲を要した。ジェイコブズはそれをアイルマンカーもどきか、クリーチャーの数で埋めようとしている。俺たちには

「……」

「オーケイ、わたししかいないってわけね」

イシリーンが皮肉に顔を歪める。

目には恐れも揺れていた。ここ数日、ずっと彼女につきまとっていた影だ。だがそれでも彼女は、強引に強気の色を被せた。鼻をこすり、笑顔を作る。

「いいわよ。やったげる。うちとこの坊ちゃんの頼みだもの」

「イシリーン」

「あとで土下座くらいはしなさいよ。ていうかこれって、わたしが世界を救うってやつじゃない？　ならもう誰彼構わず床くらい舐めさせて――」

「イシリーン。無理だ。君にはさせない」

早口にまくし立てる彼女に、マヨールはきっぱりと告げた。

「君の力じゃ成功率はゼロと同じだし、君を失うのは絶対に嫌だ」

「…………」

上げていた拳をぽとりと落として、イシリーンがつぶやく。

「後半がなかったらぶん殴ってるところだけど。じゃあどうするの」

「どうせ賭けるしかないなら、少なくとも成功する率があるほうがいい」

ちら、と奥を見やる。ラチェットのいる部屋だ。

「誰のこと言ってるんですか？」

ぎょっとしたようにサイアンがつぶやく。

どうも今日はひとりひとり全員に嫌われる日のようだ。そんなことを思いながら、マヨールはため息をついた。

「ラチェットは特殊な魔術士だ。君だってそう思ってはいたんじゃないか」

「そんなことは……」

「さすがに勘がいいだけじゃ済まないのは分かってるだろ。それにこの前、一瞬だけ同調術をやるのを見た――」

と、その時に。

激しい音を立てて、ラチェットの部屋の扉が開いた。というよりぶち開けられた。中から吹き飛ばされたのは人間だ。ヒヨだった。身体を丸くして受け身を取りながら、床を転がって壁に激突する。

「うーわー。ふーらふらー……」

激突のショックというより回転で目を回しているという格好だが。起き上がる彼女に、サイアンが駆け寄る。

「どうしたの！」

「いや、蹴られちゃってー」

「なんで！」

「うーん。最近のラチェに理由はないんだよね」

言っているうちに。

開いたままの入り口に、ラチェットが姿を現した。なにを言うでもない。取り憑かれたようにふらりと立ち尽くし、まばたきもなくじっと凝視している——なにもない空間を。

顔つきも立ち居振る舞いも、ラチェットのものではない。

「これだ」

マヨールはつぶやいた。

「同調してる。動きは……エッジか？」

身体が自然と警戒した。ラチェットは暴走しているように見える。

様子を見るか、前に出て止めるか。半歩ほどの距離の逡巡《しゅんじゅん》だったが、ラチェットはその隙を容易に踏み越えてきた。

跳んできた、というほうが近いか。足音どころか動いた気配すら殺して、気がつけば舞い上がった頭上から足を打ち下ろしてきた。頭をずらして急所だけはかわす。完全には避《よ》けきれず、腕で受けた。

動きは軽いくせに打撃は重い。以前、エッジの動きに手を焼いたのを思い出した。あの時彼女は学生だったが、今では戦術騎士団の魔術戦士だ。ヒヨではひとたまりもないだろう。

痛撃に耐えてマヨールは前進した。手を抜いて制圧できる相手ではない。あの魔王オーフェンの直伝の弟子だ——本人が言うところによれば。

前に踏み込みざま、肘を突き上げる。短い距離での打撃を狙ったが手応えがない。目の端で見上げると、ラチェットは天井の梁《はり》に手をかけて、マヨールの腕の長さ分だけ身体を持ち上げている。見切られていた。

そして手を離し、マヨールの背後へと飛び降りる。マヨールは見ずに後ろ足で足払いをかけようとした。見当をつけていた場所にラチェットの足がない。空振りはしたが、ついでに身体を下げたので相手の打撃もすかした。

彼女は飛び降りざま即座に、両足で首を刈りにきていたようだ。身の軽さが鬱陶しい。マヨールの苦手なタイプだった。マヨールの身につけた正攻法は、常道を相手にする前提で構築されている。

ラチェットの動きは――エッジの技は――つまるところはオーフェン・フィンランディの技は、最初から最後まで邪法だ。意表を突かれ、戸惑っているとわけが分からないうちに仕留められてしまう。

「お前が苦手意識を持つのが分からんな」

父の言葉が脳裏に蘇った。

「母さんはいつも弟をこてんぱんにのしてたぞ」

（そりゃ、未熟な頃に痛めつけて教育したんでしょ）

その時思ったのと同じに毒づいた。

（ぼくがそれをこの前されたんですよ！）

足で首を捉えられず、ラチェットは後転する形で距離を空けた。こちらからの手はとどかないが、好機といえば好機だった。体勢をもどしてまともな打ち合いに持ち込める。

だが。

そこで違和感を覚えて、マヨールは戸惑った。

(同調……してないな)

ラッツベインとエッジの同調術と違う。これは、ラチェットがエッジになりきっているだけだ。

「ラチェット。君はラチェットだ」

思いつきのまま、マヨールは告げた。

ラチェットの動作が止まる。呆れるくらい軽かった動きにノイズが混じるように。

「ラチェットはヒヨを蹴り飛ばさない。こんな曲芸みたいに飛び回ったりもしない。なにより、君は……」

続けるべき言葉を探して、視線をずらす。

「君は、エッジより賢い」

「だって姉さん、馬鹿だもの……」

くたくたとくずおれるラチェットに、こちらこそ座りたい気分だったが。

脳震盪《のうしんとう》でも起こしたようにラチェットはゆっくり首を振っている。もう大丈夫そうだが。

「なんだ、今の」

誰にともなくマヨールはつぶやいた。イザベラ、イシリーン、そしてサイアンとヒヨも怪訝に顔を見合わせるばかりだが。

「うえっぷ」

吐き気があるのかうめくラチェットに、ヒヨが寄っていった。

「だいじょぶー？」

「うん。まあ――」

と、友達にすがって身を起こして。

相手の顔に心配がありありと浮かんでいるのを見てか、しぶしぶ認めた。

「結構ヤバイや。限界かも。姉さんと自分を混同して、人を見たら蹴るか踏むかしか思いつかなくなってた……」

「さすがにエッジもそこまでアレではないと思うけど」

「そこまでアレです。足はまず歩くためにある器官だって知らない病気」

「……混同って？」

横から訊ねるイザベラは、同調術は見たことがなかったはずだ。

すっかり青ざめた顔を教師に向けて、ラチェットは端的に説明した。

「念話による精神同調術の副作用。使い魔症です」

「じゃあ、あなたは……白魔術士なの？」

「まあ、ダサい呼び方だとそうです」

「なんで黙ってたの！」

「だってダサいですし」

恐れもせずに言ってから、目を伏せる。

「正直、そういうものなのか自分で分からないです。使おうと思ってやるのと違いますし。相談したらそう呼ばれそうだなと思ったから誰にも訊けませんでした」

「使い魔症になっていたのか？」

今度はマヨールが訊ねた。使い魔症とは、精神感応の影響下にあった二者以上の個人が、自我の防衛を失ってしまうことを言う。

ラチェットは面倒くさそうにうなずいた。

「多分。じゃなければ、昨日寝ぼけて姉の歯ブラシ使っちゃったせいで、同じ病気に感染したかですけど」

「君のお姉さんたちは、同調術を使っても副作用がない……」

「それはわたしが制御してたから」

あっけらかんと彼女は言った。

「もともとあのふたりは妙に感度高いからあんな真似できるんですけど。だからって全身の感覚まで同調してたら無事で済むわけないです。いくら感性が人間未満の姉たちとはいえ、一応は個人なので。だからわたしが、まあ、どうにかしてました」

「そんなことをずっと？」

「だから、やってたかどうか自分でもよく分からないですよ。使おうと思ってやるもんでもないし、分かろうと思って分かるわけでもないし、なんとなくみんなもそういうもんだって思ってたらそうでもなさそうだし、自分でもなんだかわけ分からないし、わーたしーを責めないーでー」

「なんで途中から歌に」

「メンタル的に衰弱してるんです」

本当はふざけているのではないかとも思えてくるが。

時間が経っても血の気は引いたままだし、具合が悪いのも嘘ではないだろう。

「よっこらせい」

ヒヨに抱えられてソファまで移動し、イザベラを押しのけて座り込んだ。

「同調術ができればわたしが魔王術で結界壊せるっていう算段だったんですけど……うわーいうふふお花畑うふふ芋虫って手触りぷにぷに食べちゃいたーい。あ、ネズミの姉が混ざりました」

「どうも君の使い魔症には悪意みたいなの感じるんだけど」

「そうでしょうか。故意の悪意ではないんですけど」

「悪意自体はあるんだ」

ぼんやり言ってから、マヨールは腕組みした。

「でもこれで、材料は揃った……のかな」

「駄目ですよ！」

サイアンが声をあげた。

「さっきの話だと、ラチェットを一番危険に――」

「一番危険なのはわたしじゃない。そこのナヨ人間のが悲惨」

「俺が？」

急に指されてつぶやいたが、マヨールに驚きはなかった。予想していたとは言えないが、どこか予感くらいはしていた。

ラチェットは淡々と続ける。

「生き残る可能性が一番高いから」

「意味が分からないよ」

「ぼくのが叩きたい気分だよ」

と顔をしかめるサイアンの頭を、ぺしと叩いて、

「あんたが分かんないのムカつく。ヒヨは分かるのに」

「じゃあ叩けばいいよ、うるさいな。この勝負、負ければあのおっさんに全員殺される。勝った時には必ず誰かが生き残ってる。わたしたちの誰を犠牲にするかを選んで、おっさんをどうぶっ殺すか決めて、それからなにをすべきか託されて……それで生き残る」

その話をしながらラチェットは、サイアンではなくマヨールを見据えていた。

動けずに聞く。膝の間に拳を固めて。マヨールは、訊ねた。

「かつて母さんと叔母が、君の父親に選ばせた。仕返しじゃないよね？」

「わたしはあなたに託します」

「どうして俺なんだ。イザベラ先生や、みんなでもっと話し合っても――」

「託すって、そういうことじゃないんですよ」

言ってラチェットは、疲れたように顔を伏せた。

実際、疲れ切っていたのだろう。ヒヨの肩にもたれてそのまま寝息を立て始めた。


（いい案考えてくれますよ、か）

夜半を過ぎて、マヨールは星を見上げていた。

離れの屋根に乗って、ひとり。今夜はジェイコブズは来なかった。もう遊ぶ必要はなくなったのか、飽きたか。

世界図塔の準備が佳境を迎えているのかもしれない。だとすれば一刻の猶予もない。打って出なければ勝ち目どころか満足な負けの目すらない状況で、こんな考えごとに耽《ふけ》るのは感傷以外のなにものでもなかろうが。

結界の中からでも星が見えるというのは不思議だ。だがキエサルヒマでも星はあった。果てなく海は見えた。もしかすれば、出ようと思えば出られたのかもしれないな、と思えてくる。妄想なのは分かっているが、誰も試さなかっただけで、実は結界などなかったのかもしれない。それが〝隙間〟では……？

いや。

と思い直す。現実を見て、結界はある。壊さなければ原大陸は壊滅し、マヨールらの運命もあのふざけた悪党の手の中で終わる。

視線を落として、遠く——だが星よりは遥かに近く、白い石のドームを眺めた。夜の闇に反射光で浮かび上がる世界図塔。

「若い連中に教えないとならないのに、どうしても伝わる言葉を思いつかなかった」

庭から、話しかけてくる声があった。

イザベラだ。腕組みしてマヨールを見上げている。マヨールが返事せずにいると、ゆっくり続けた。

「これがそうよ。この状況。二十三年前、わたしたちは聖域に攻め込んだ。プルートーは部下をほぼ全滅させ、わたしやあんたの母親は姉妹のような仲間を失い、魔王オーフェンは眠っていた世界をひっくり返した」

「なにを怒ればいいのか分からないんですよ」

「そう。肝に銘じなさい。あなたは残る生涯、怒る相手を探し続ける。失うっていうのはそういうこと。ただ——」

彼女は腕を解き、跳び上がって屋根によじ登ってきた。

身軽なものだ。《塔》では気むずかし屋で知られ、しじゅう古傷の痛みに愚痴を言うイザベラ・スイートハートだが。

間近に顔を見て気づいたが、珍しく爽快に微笑んでいた。

「わたしは、これでようやく終われる。だからわたしについては気にしないで。イシリーンと幸せに。あれはわたしの娘よ」

そして屋根から飛び降り、立ち止まらずに庭から出ていった。小走りに闇へと消えていく。

入れ替わりに、玄関にイシリーンが出てきた。彼女も屋根に飛び乗ってきた。話が聞こえていたのか、やや複雑そうな顔で、

「あの人の娘ねー……まあ、いない親よりはありがたいけどさ」

言葉に反して口元がにやついているのが見えたが、マヨールは指摘しなかった。ただ、彼女と一緒に師匠が走っていった先を眺めて言った。

「それに、うちの母親を黙らせられる唯一のモンスターだ」

続けて、ぞろぞろと子供たちが家から出てくる。サイアン、ヒヨ、ラチェットの三人は固まって、学校の廊下でも歩いているような気楽さで庭を横切っていった。

「ねむいよー……」

「いや、ちゃんと起きててよ。ぼくら、ヒヨだけじゃん頼りになるの」

「だってねむいよ。なんでサイアンねむくないの」

「怖い時はそんな眠くないよ」

「じゃあ怖い話しながらいく？　しろやぎトムさんとくろやぎジョナサンのお話がいい

な」

「それなにが怖いの」

「ひげの生え方とかまじまじ見ると怖いよ」

「………」

このあたりで話が聞き取れなくなった。三人も庭を出て、夜に紛れていく。

しゃべっていなかったラチェットだけが最後にこちらのほうを見たのを、マヨールは気づいていた。魔王の娘はマヨールのプランを聞いても、なんの感想も——嫌みな一言すら、なにもなかった。

「馬鹿馬鹿しいとかやめておけとか、言って欲しかったけどな」

マヨールのつぶやきに、イシリーンが疑問を浮かべる。

「反対して欲しかったの？」

「いいや。ただ聞きたかっただけかな」

「一度くらいは言い負かしてみたい？」

「まあ、それもあるかな」

闇の気配を探って。鼻先で感じたわけでもないが、顔を上げた。

「そろそろかな」

「先生のことだから、手加減とかないでしょうね」

「ていうか下手なんだよな、力抜くのが」

生徒でぼやきながら身構えた。

構成が見える。

フィンランディ邸から離れて、森の中から。イザベラの編んだものだ。

絶大な威力の熱衝撃波。分かっていたが呑まれそうになる。マヨールは手をかざして叫んだ。

イシリーンの伸ばした指先が、かすかに触れていた。合わさるわけでもなく重なった手のひらで、ともに防御の術を発動する。

ふたりを巻き込んで、膨大な光の渦が炸裂《さくれつ》した。爆発、衝撃、熱気……

縦にも横にもぶれない。その場に縫い止められるような一撃。白い炎がフィンランディ邸を爆砕し、マヨールとイシリーンは防いでなお貫いてくる威力に、そろって意識を失った。

16

魔王オーフェンは、今では戦術騎士団と原大陸の魔術士社会の砦《とりで》となった魔術学校の正門から、ごく当たり前な足取りで出かけていった。時間も選ばず、変装するでもなく。魔術戦士と分かる正装で街に出た。

護衛は連れていない。いや、かつて魔王の護衛と呼ばれた妻とふたりだった。クリーオウ・フィンランディも正装、というより喪服で。彼らは市庁舎の聖堂で葬儀に参列し、言うまでもなく耳目を引いたが弔辞を述べることはなかった。ただ黙って花を捧《ささ》げた。

このような時世であるし、急のことだというのに、葬儀はかなり盛大なものだった。聖堂は派遣警察隊が警備し、市議員も総出で参列している。市民は中に入れなかったが、通りに詰め寄せ涙に暮れる者もいれば、怒号をあげる者もいた。

オーフェンは聖堂の中の会話よりも、外の声に聞き入っていた。

隣の妻が小声で訊いてくる。

「……どうしたの?」

「奇妙な心地でね」

「なにが」

「俺を責めてない怒鳴り声を聞くのは、海を渡ってから初めてかもしれない」

魔術戦士にも犠牲が出たのだが、その葬儀はほぼ無期的に後回しになった。

そのことをぼんやりと考え、残りの時間をやり過ごした。

二名の魔術戦士が死んだ。ジラ・セイブルは有能な殺し役のひとりだった。どうしようもない暴れ者で何度も問題を起こし、手を焼かせてくれた。相棒のボイドが不意打ちで殺されても、多数のヴァンパイアを相手に踏みとどまった。数で押し切られたが、状況を聞く限り、攻め手は上をいっていたようだ。

魔術戦士、派遣警察隊、市民にも死者が出た。この葬儀はそのうちのひとりのものだが、弔辞は（魔術戦士以外の）全員に捧げられた。

高い場所に供えられた棺と、その周りを埋める花。白と黄色の水仙。好きな花だったのだろうか。

教師の葬儀を行えるのは教師だけだ。キムラック式ではそうなる。身内は避けるためサルアが執り行えないのであれば、残る元教師はひとりだけだが——これも随分と皮肉な話だ。もちろん、壇上にもこの会場にも、カーロッタは来ていない。カーロッタがこの襲撃の首謀者であることは、もはや市内に知れ渡っていた。襲撃者たちはご丁寧に勝ち名乗りまであげていったのだ。

結局、サルアがこの葬儀を仕切っていた。その顔には怒りも慟哭《どうこく》もなく言葉少なに死者を悼んでいたが、それがなおさら空気をぴりつかせていた。誰もがその静けさの奥にある爆薬の匂いに気づいていた。なにもかもを吹き飛ばすほどの爆弾だ。

問題は、火種を落とすのが誰かということだった。そんな役を買って出る者はいない。よほどの馬鹿かクズだけだろう。

（つまり、俺か）

火薬の庭で火を使う。

妻に、囁いた。

「若いのを迎えに寄越させる。先にもどってくれ。葬儀が終わる前に——」

「式には最後までいるわよ」

彼女の物言いは静かだったが、反論を許さない響きがあった。

「あなたは？」

「俺も最後までいるが、ってか終わってからが長くなる。サルアの宣言で、街中騒ぎになるし帰れなくなるぞ」

「どうにかするわよ。あなたの部下も来るなら心配もないでしょ……怖くなっているんじゃないの？」

「君の葬儀をする羽目になることをか。今さら俺を挑発する意味は、カーロッタにはないさ」

手首をさする。意識を尖らせ、外の声を聞いた。

「これまで議会過半の反対で手が出せなかったのに、今じゃ誰もが口を揃えて『さっさと奴を殺してこい、もたもたするな』だ」

葬儀は進み、ついに最後、予定されているサルアの宣言を待つばかりとなった。

プログラムに書いてあるわけでもないが、外の聴衆はこれを目当てに集まったようなものでもある。

このラポワント市、実質的なサルア・ソリュード領にて。愛された市長の妻、メッチェン・ソリュードの棺を前にして。

サルアは初めて声を荒らげた。詩情もなく角張った言葉だけで。

「我が妻、メッチェンは無残に殺害された。死の教主、カーロッタ・マウセンはこのキエサルヒマからの侵攻に共謀し、リベレーターの作戦が潰《つい》えた今、向こう見ずにも盗賊、ならず者を率いてラポワント市を切り崩そうとしている！」

彼が拳を振り上げると、市議会の一派が歓声をあげた。その声は外にも伝わり、市民の雄叫《おたけ》びとしてこだましてくる。

「ならば受けて立とう！　この約束の地は未来を望む開拓者のものだ！　奴らのごとき、卑劣な強盗どもの逃げ場ではない！」

歓声が大きくなった。群衆に入り口を破られたのかもしれない。

それでもここまでは入って来られないだろう。どのみち知ったことではないが。

暗い面持ちで、オーフェンはかつての友人を見つめ続けた。

果たして、街は騒然となった。

原大陸で最大の権力者のひとりが、ラポワント市を閉ざしてカーロッタ・マウセンとの戦いを宣言した。二十年ぶり、開拓初期のサルア派とカーロッタ派の抗争の再燃だ。

妻は先に帰した。迎えに来たのがエッジで、やや不安には思ったが。クリーオウが残りたがっているのは分かっていた。サルアと話がしたかったのだろう。だがこれからの話はふたりで臨みたかった。余人がいればサルアは本音を隠すだろう。それがクリーオウであってもだ。

誰に断るでもなくオーフェンは勝手に中を進み、サルアの控え室を探した。警護に来訪を告げると、サルアのほうから顔を出して部屋に招き入れた。

聖堂の奥、部屋は落ち着いて静かだった。外の喧噪《けんそう》も聞こえない。葬儀が終わってから小一時間ほどが経っている。その間サルアはなにをしていたのだろうかと、オーフェンは考えた。ただ座っていただけだろうか。怒りで壁を蹴っていたか。サルアの歩き方が、わずかに片足を引きずっているように見えた。

「来てくれてありがたい」

サルアの第一声に、オーフェンはかぶりを振った。

「思ってもいないことを言うなよ」

「ああ。よくもまあこのことツラを見せたもんだ」

市長らしいスーツもすっかり着慣れて、休んでいたはずなのにネクタイひとつずらしていない。サルア市長は険悪に言い募った。

「長年お前の学校を匿《かくま》ってやった報いがこれか。魔術戦士が反社会ヴァンパイアを防げないなら、いったいなんのための騎士団だ？」

「ジラ・セイブルとボイドは腕利きだった。だがカーロッタは危機強度のヴァンパイアを複数、都市に入れて潜伏させた上で一気に奇襲してきた。命令を受け付けないであろう強度の連中を、どうやって服従させているのかは解明できていない――」

「だから予想もできなかったし、甘く見ていたと白状するわけか」

「いいや。情報はあったし予想しなかったわけじゃない。だが目立たずにお前たちを守るには、あれ以上の人数は出せなかった」

読み上げるような心地で感情もなく告げる。

癇《かん》に障ったのだろう。サルアは拳でテーブルを叩き、罵声をあげた。

「俺は、道化をやっている間に女房を殺されたんだぞ！」

そのぶつけようでは、拳を痛めたろう。だがサルアは気づいてもいない。激昂《げっこう》のあまり痛みが分からなくなっている。

少し間を空けて、オーフェンはつぶやいた。

「もっと早く来るべきだった。申し訳なく思う」

コンスタンスが乞うていたのは分かっていたし、ドロシーにも頼まれていたのに後回しになっていた。他の優先させるべきことが山積みになっていたのも嘘ではない。が、顔を合わせることに気後れしていたのも事実だ。

だがおかげで、去就を突き付けるどころではなくなってしまった。自分が言いに来たところでサルアが市長を辞したかどうかは疑問だとは思うが。もしそれに成功していれば、暗殺の標的からも逃れていただろう。

サルアはようやく、ぶつけた拳を手でさすった。痛みを思い出せるようなら少しは落ち着いたか。それでも狂乱から怒り心頭にもどった程度だ。

「遅かったのは昨日今日来るかどうかじゃない。カーロッタを今日までほうっておいたことだ」

獲物を噛み殺すように、歯を軋らせて言ってきた。

「始末しなかったのは、奴がいなくなれば開拓者は一斉に俺の元になびくからだろ。それはそれで都合が悪いからお前は放置した。高みから天秤《てんびん》の調子を見るみたいにな」

「ヴァンパイア化した革命闘士をまとめておけるのはカーロッタだけだった。しかもあいつ自身はヴァンパイア化を嫌っていた。ほぼ理想的な首領だった」

「丸め込まれてたってことだろう。俺は何度も警告したぞ――」

指を向けてわめくサルアに、ついに忍耐が切れる。オーフェンは声をあげた。

「あの女が手強《てごわ》かったのはお前より知っている！　放し飼いをしていたわけじゃない。戦術騎士団はずっと戦ってきた！」

「馴れ合って二十年かけてな。それで舐められたんだ。本気でないと見透かされた」

「本気だった」

「ならなお悪い。見透かされたのは軟弱さだ」

サルアの声は冷たく、葬儀の時と同じ顔になった。

「ラポワント市は市民軍を組織してカーロッタと戦う！　中核は派遣警察隊だ。この街に立てこもり続ける気なら魔術士にも従ってもらう。応じないなら、まずは魔術学校から攻める！」

「高くつくぞ。勝っても負けても原大陸は二十年前の規模まで衰える。どれだけ餓死者が出れば帳尻が合うと思ってる？」

「根が腐ってるなら最初からやり直すしかない」

「時間を費やして同じことを繰り返すだけだ」

「二十年間足踏みした野郎が言うことか！」

「ケツ拭いを人に任せてた奴の言うこともな！」

互いに怒声と唾を飛ばして、睨み合う……

息をつき、仕切り直してオーフェンは続けた。

「この襲撃、カーロッタの狙いはお前じゃなかった。ラッツベインの言うには、ヴァンパイアはお前を襲うふりをしながら守る動きを見せていたと」

「だからなんだ」

「つまりは罠《わな》だ！　ラポワント市の門を閉ざさせるのが奴の魂胆だ。街の人間が外に逃げれば開拓者と混じって、見分けはできなくなる。あいつは！　本当にひとり残らず完全に自分の敵を殲滅《せんめつ》するためにお前を怒らせた！」

部屋を横切り、サルアの前を通る。

窓に近づいて外を示した。ラポワント市。原大陸最大の都市だ。市議会と魔術学校を含め、革命闘士の大敵であり続けた。

言うまでもなくそこに住むほとんどの者には関係のない話だ。だが今、その無関係なはずの市民たちが一斉に声をあげている。各々の人生も忘れて一斉に、カーロッタを憎む怒号を。

大気にうねるものを感じながら、オーフェンは毒づいた。

「大した怒りだな。こんな勢いは人間に我を忘れさせる。お前は扇動できる機会に扇動した。力を使う誘惑に勝てなかったな。俺に、魔王の力の使い方を説教した男が！」

「扇動なら、彼らに海を渡らせた時にも使った手だろうが！」

突き込んだ怒声に、同じ怒りが返ってくる。

サルアはびくともしない。まくし立ててきた。

「どのみち団結は不可欠だ。門を封鎖するかに関係なく、市民の逃げ場なんざありゃしない。アキュミレイション・ポイントは秩序回復には遠い。ラポワントの人口を食わせられる街はどこにもない。荒野に逃げたところで全員死ぬ。開拓村が都市を敵視する状況が変わらなければ、来年にはやはり死ぬさ！」

衝動だけでやらかしたわけでもないのは分かっていた。二十余年も民を率いてきたのだ。不向きだとぼやいていた元殺し屋は、すっかり市長が身についている。

「革命闘士打倒を掲げて開拓地を占領する。それ以外に生きる目はもうねえんだ。てめえはどうするんだ。まだキルスタンウッズや大統領邸をあてにするってんなら――」

「そいつを問うなら、答えはずっと変わらない。俺は俺だ。お前とエドガー・ハウザーのてっぺん取りの喧嘩に関わる気はない」

進み出て、受けて立った。

「何者にも俺を支配はさせないし、支配もしない。魔王術なんてものに誰よりも精通した俺の、最後の責任だ」

「市議会を欺いてきたことの言い訳がそれか」

「言い訳なものか。お前に、自分が言ったことを思い出させてやってるんだ」

言い捨てる。面会は終わりだ。

別れの挨拶もなしに部屋を出た。

君は失うことがなにより得意なんだ……

無責任な世界の主の声が。魔王術を使う時と同じように、聞こえた気がした。

17

「この子たちを見ていられる人手はない？」

シスタに問われて、エッジは片方のまぶたをわずかに下げた。

サルア市長の妻、メッチェン・ソリュードの葬儀に出ていた母親を迎えに行って。学校にもどってきて、他にも溜まっていた雑務や倒れた姉の見舞いをどれから片付けるか頭を悩ませていた時だった。正直、無視して通り過ぎたかったくらいだが。

それでも――不承不承――シスタはエッジが認める実力を有した数少ない魔術戦士のひ

とりだ。敬意は払うべきだ。あとついでに、無視しようにも後ろから飛びかかってこられたら勝てる気がしない。

　彼女が連れているその子らとやらを目にして、ますますエッジは困惑した。ひとりはまったく知らない少年だった。もうひとりは見覚えがある。

「えーと……ベイジット・パッキンガム？」

《牙《きば》の塔《とう》》のマヨール・マクレディの妹だ。彼が原大陸にもどってきたのは、彼女を連れもどすのが目的だったはずだが。

　マヨールは現在、ローグタウン結界の中に閉じ込められている。それで妹がひょっこりここにいるというのは、意表を突かれた。

　意外なのはそれだけではない。エッジにとってのベイジットの印象は、三年前に家に来たふざけた落ちこぼれというところだった。あまり話してもいない。父親にくっついて質問攻めにしていたので、気持ち悪いなとは思っていた。

　それがヴァンパイア化を求めて渡航した一団に参加していたというのは知っている。こうしてまじまじと見やって、だいぶイメージは違っていた。まず髪は短く切りそろえていて男のようでもある。あの馬鹿げた七色の髪染めもない。

　加えて、こちらを見返す目の色だ。記憶の通り、へらへらと誤魔化すようなことを言ってくるのではないか……と思って待っていても、押し黙っている。それだけではない。隣にいる少年は顔面蒼白《そうはく》で、今にもその場に倒れるか引きつけを起こしそうに見えるが。その彼の手を、ぎゅっと握って落ち着かせていた。

もしかしたら人違いか。と考えが浮かんだところで、シスタが言った。

「そうよ。結界近くで捕まえた。知っているなら、あなたに見てもらってもいいんだけど……」

「わたしは、無理ですよ。ラチェットの――」

滑らせかけて口ごもる。ベイジットの目を意識して言い直した。

「わたしと姉には、急ぐ任務があるので。新しく加わった魔術戦士がいるとか聞いてますが？」

「新しく？　こんな時に？」

シスタは面食らったようだったが。

「それなら、そいつに預けて。頼まれてくれる？　わたしもすぐ行かないとならないの。エド隊長があと四分で出かけるようだから、それまでに会って次の指示をもらわないと……」

言うが早いか、シスタはもう足早に立ち去ってしまっていた。廊下を進んで会議室に飛び込んでいく。

第一教練棟の上階廊下に取り残される形で。ベイジットと少年をしばし見つめて、エッジはひとまず考えをまとめた。

「そう。じゃあ……ついてきて」

ややこしそうなことには触れず、言われた通りに済ませる。

他にしようがないように思えた。

「じゃあ今は、ココが戦術騎士団のアジトなんだ」

舌っ足らずな話し方で記憶の中のベイジットと、今の姿が結びついた。エッジは振り向かずにうなずいた。

「そうよ」

シスタがあえて言わなかったのだから――あとは、五体満足で生きているのだから――ベイジットは捕虜ではないのだろう。ではなんの立場なのか、それを聞いていないとどう言付ければいいのか分からないのだが。

それを探るわけでもないが、会話を続けることにした。訊ねる。

「これまで、どこにいたの？」

「ン。開拓地の果てっこ。愛の村ってワカル？」

「聞いたことないけど。革命闘士との縁は切れたの？」

なんの気もない。ここに来ている以上、そうでない可能性を考えなかったのだが。

ベイジットは気楽に答えてきた。

「ニセモンの革命気取りはブッ殺してきたヨ」

「……そう」

「ダカラ今は、ホンモノの革命の仲間を捜してる」

「え?」

足を止める。

振り返ってまじまじ見たが、ベイジットは頭の後ろで腕を組んで気楽げだ。彼女の言う通り、ここは魔術学校の第一教練棟、今は戦術騎士団の司令部になっている上階だった。エド・サンクタムをはじめ魔術戦士が集っている。

それをもう一度頭の中で確認してから、問い質した。

「あなた、革命闘士なの?」

「ウン」

「ここの状況とか分かってる? カーロッタが正体を現して、街に襲撃をかけてきた。ラポワントの市民は開拓村と全面戦争するって沸き立ってる」

ベイジットは連れている少年と、顔を見合わせた。

「まあ、知ってはいるヨ。カーロッタってのがドンナ奴か見てみたいって思ってるケド。ドコにいるか分かる?」

「知ってたら倒しに行ってるわよ」

つい先日に逃げ帰ってきたことを思い出し、胸がずきりと痛むが。それは隠して。

いや、隠したつもりだったのだが。

「ン? なんかあったワケ?」

わけを知ったような顔で、ベイジットが言ってくる。

そういえば、嫌な女だった。それも思い出してエッジは顔をしかめた。シスタが去っていったほうを見やって、

「あいつ、どんなつもりなんだか……」

「説明しとくと、兄ちゃんへのゴキゲン取りで、アタシを殺すわけにもいかなかったみたい。その状況知ってた？」

「マヨールがどうなっているのか、あなたこそ知っているの？」

「さあ。でも兄ちゃんのことだカラ、厄介ゴトにハマってるんでしょ」

「あのね」

もともと忍耐の底もそう深かったわけではないが。限界前にうめいた。

「そこかしこ、深刻な状況の目白押しよ。ふざけてると痛い目に遭うわよ」

「ドーシテ、アタシが真剣じゃないって思うの？　そんなんじゃ兄ちゃんと同じ、足をすくわれるヨ」

それこそおどけるような言い方だったが。

横にいる子供がにこりともしていないのを見て、エッジはまた廊下を進み始めた。

「これから会わせるのは、まだ学生の魔術戦士よ。未熟だけど力は強い。絵に描《か》いたような堅物だから、今みたいな言い方はしないほうがいい」

「ヘエ。忠告アリガトだけど、アタシそういう奴は扱い得意なんだ」

「ああそう」

苛ついて話を打ち切る。内心、殴られてみればいいと思いながら。

だがベイジットは話をやめなかった。

「もしかしてだけど。これまで自分が年少だと思ってたのに、もっと若いのが入ってきちゃってムカついてる系？」

「今はあんたよりムカついてる相手もいない」

「お役に立ててナニヨリ」

無言のまま進む。

一階下がって教室のひとつを探す。ここも魔術戦士の待機や休憩に使われていた。順にのぞいて二番目の部屋に、目的の顔を見つけた。

目的外の顔もだ。同じような顔だが。エッジは部屋に入るなり、礼儀としてそちらに挨拶した。

「エッジ・フィンランディです」

「なにか用かね？　君ら姉妹の隠し芸とやらを練っているのだと思っていたが」

ビーリー・ライトだ。

そして一緒にいるのはその息子、スティング・ライト。まだ十五歳だったか。妹のラチェットと同級で……比べものにならない実力の魔術士だという。今回、魔術戦士として採用された。

装備も制服も間に合わず、学生の運動服を着ている。ただの子供そのものと言いたいが、大きな体格に少年の顔が乗っているので随分と不釣り合いだ。

人呼んで嫌みな男、ビーリーは長く騎士教官を務めている魔術戦士でもあり、実力は確かだ。教え子のシスタなどよりは一段劣るとエッジは見ているが、これは教官としての指導力がより優れているとも言える。見た感じ息子はこのビーリーをそのまま子供にしたように思えるが。評価を聞く限り、素質は十分という。

（嫉妬ですって？）

うんざりとつぶやく。確かに採用の年少記録は破られたが。こいつは審問を受けてないんだもの。と胸中で言い足した。

「用は、スティングのほうに。シスタからの指示です。この子たちを――」

言いかけて、はたと気づいた。

「あなたはシスタと出ていたんでしたね。では説明はいりませんか。シスタは、この世話か見張りをスティングに頼みたかったようです」

シスタはスティングが魔術戦士になったことを知らなかったようなので、じゃっかんの嘘は混じっているが。省いてもいいだろう。ビーリーと話すのは短く済ませたかった。

「自分で世話できないのなら、捨て犬を拾うべきではないんだがな」

ビーリーは、うまいことを思いついた顔で皮肉を言った。

スティングは困惑している。

「俺の任務は、そんな連中のお守り？」

問うたというよりは独り言だろうが。エッジは告げた。

「じゃあ誰の役目？　どの任務が大事でなにがそうでないか、新顔が考えることじゃないのは確かかね」

反射的に嫌みになってしまったが、ビーリーの前では迂闊《うかつ》だったろうか。反撃されても構うものかというくらいに疲れてはいたのだが。

幸い、ビーリーもやり返してこなかった。スティングは唇を噛んでいる。

しかしこれ以上やるべきでもないだろう。切り上げた。

「では、わたしはこれで」

ベイジットと少年と入れ替わりに部屋を出て行こうとする。

と、呼び止められた。ベイジットだ。

「あ、チョットチョット」

「なに」

「できればアンタの父親と話がしたいんだけどサ。あとでできる？」

「死ね」

「アッソ。そりゃやっぱ無理か」

廊下に出ると、そんな怒りすら長持ちしなかった。やらねばならないことが多すぎてどんなことにも構っていられない。

上階に駆けもどる。音を立てずに扉を開け、会議室に滑り込んだ。

まだいれば一睨みくらいはしてやろうと思っていたが、さっき入っていったはずのシスタの姿はない。エド隊長もいないので、四分どころではなく出て行ったのだろう。中に残っていたのはマジクとベクター、あとスーツ姿の男女数名——魔術戦士ではない。派遣警察隊から寄越された、戦術騎士団の監視者たちだ。

その監視者の代表らしい女と、マジクが話している。マジクはゆったりと構えているようにに見えたが、ベクターの攻撃的な眼差しからすると、談笑という雰囲気ではなさそうだ。女は遠くからでは聞き取れないくらいの早口でまくし立てているが、これは怒っている態度ではない。落ち着いて急所を攻めている……となると、派遣警察隊のスタッフというのはやはり手強いようだ。マジクの苦笑いは、学校の事務方に責められている父の姿を思い出させた。

手助けになったかは分からないが、エッジの入室に場がしばし澱んだ。マジクが手を上げて完全に遮ると、言ってくる。

「エッジ。なにか用かな」

「ええっと……」

近づいていこうとすると、それも手で制してくる。

「いや、この人たちの前で内緒話すると、また詮索が増える。そこでいいよ」

「そうですか。姉さん——ラッツベインですが、昨日からまだ起きられません」

「どれくらいかかる？」

「いつもの貧血と違うようなんです。意識が混乱しているみたいで」

と、聞いていた観察者の女が口を挟んでくる。

「では、結界を解消する手立てというのも進んでいないということですね」

（……そんなことまで把握されてる？）

かなり驚いて、エッジは言葉を失った。

女はこちらのことなど無視してマジクに続ける。

「確認しますが最悪の事態、つまりカーロッタの信奉する運命の女神が現れる壊滅災害となった時のプランは、ひとつしかない？」

「ええ。デグラジウスの時と同じ。戦うだけです。奇跡を信じてね」

最後の一言は皮肉だ。誰に対する皮肉になっているのかは、マジク当人にもよく分からない心持ちだろうが。

女はうっすらと笑みを浮かべるが、これも楽しくて笑ったわけでもないだろう。笑うしかない話だからだ。

「結果も、前回と同じに？」

「どうでしょうね。最善でも同じになる。ニューサイトと同規模の損害です。街の真上でなくてまだ良かった。けれど、最善でない場合はかなり悪い」

「全滅ですか」

「最悪まで考えれば、全世界の消滅です」

「どのくらい大袈裟な話をしています？」

「どうかな。神人種族を消し去るほどの魔王術を仕組んだ前例はひとつしかない。幸いにも校長は失敗しなかったので、構成が誤っていた場合の被害規模は想像するしかない」

「……その成功率が低すぎるのであれば、場合によっては女神に対抗しないほうが、損害は少ない？」

慎重に確認してくる女に、マジクは数秒、間をおいた。

魔王術士として答えは分かっている。だが認めるのは政治の問題だ。

「〝最悪〟をこの原大陸の全滅に留《とど》めることを考慮すれば、その通り」

「馬鹿げている！」

ベクターが声を荒《あら》らげた。拳を机に押し当て、滅多に変えない顔色を真っ赤にしている。

「考慮に値するものか。この戦いを仕掛けてきたのはキエサルヒマだ。それを守るために我々が無抵抗で死ぬのか！」

「理性と感情は測りがたい。この場合、どれが理性的でどれが感情的なのかもなにがなんだかだしね」

マジクはなにかを投げるような仕草で手を振った。

「我々はキエサルヒマに魔王術を伝えないでいることもできた。だが伝える決断をした。反撃を受ける可能性も踏まえた上でだ。踏まえていたのだから、慌てるのは間抜けな話さ」

「あなたがたが考慮し、あなたがたが決断したのだ。誰にも相談せずに！」

「反対されるのが分かり切っていたからね」

素知らぬ顔で同意してみせるマジクだが――エッジの知る限り、父はマジクにも一切の相談はしなかったはずだ。あれは父の独断だった。

視線をベクターから監視役の連中に移して、マジクは訊ねた。

「サルア市長がああなって、君たちも忙しくなるんじゃないか？　ここにいていいのかな」

「我々はいざとなればこの魔術学校を制圧するのが役目です」

「なるほど。さて」

やれやれと、マジクはこちらに向き直った。

「報告はそれだけかな。エッジ」

「はい。いえ、もうひとつ」

気後れしながら伝える。言いつけだ。

「ラチェットから指図があったんです。なにかあったのか、前よりすごく弱くなってて一言だけ。意味がよく分からなかったので、誰か分かる人がいれば……」

「言ってみて」

「判別できた範囲では、『地下で会え』とかなんとか」

「そうか。意味不明だな。我らが魔王に訊いたらどうだ？」

「？　はい……」

即答したマジクに、なにか奇妙な感じを受けてエッジは戸惑った。

別におかしな返事とも言えないが。父のことを、マジクは魔王とは呼ばない。冗談でも決して言わない。

とすると、符丁か。監視者の連中どころかベクターにも察せられたくないことをなにか含んだのかもしれない。

退室し、閉じた扉の向こうでまだ続くのであろう暗い議題の寒気から逃れるように、廊下を急いだ。ラチェットの件は、とりあえず父に投げてみるしかないか。まだ聖堂にいるはずだが、頃合いからすると会いに行くと行き違うかもしれない。ネットワークで確認しても父への伝言はうまく伝わらないことが多い。〝お前は俺に見栄を張りすぎなんだ〟とは父の評だ。別に見栄を張っているつもりなどない。正直に接しているはずだが。

ともあれ、改めて考えた。聖堂で会えたところで父は市長と会談中だろう。もどってきたところを捕まえたほうがいい。母か、姉のところで待てば姿を見せるはずだ。母はさっき葬儀から先に帰されて腹を立てているようだったから、顔を合わせれば長引くことを思うと、きっと父は先に姉のいる病室に行くに違いない。

エッジは嘆息した。家族の動きでさえこの程度には複雑だ。世の中のことなど手に負えそうにない。ほんの数か月前には、騎士団の役割について、未来に不安を抱えていた……が、そんなことすら今や贅沢《ぜいたく》なことだった。

18

ベイジットはもちろん、ビーリーとスティングのライト親子については一目でかなりの情報を見抜いていた。

これは洞察力でも直感でもなく、経験からだった。エリート魔術士とその息子。素養が高く期待をかけられ、高慢で楽天的。大した挫折も経験せず、新星のまま地位についた。まあ、才能のある魔術士には典型的なタイプだし、身近にもいた。

(ベツに悪党じゃないンだよね。ただチョット想像力ってモンが足りないだけ)

ものを慮《おもんばか》る必要のない立場にいると、そうなる。腕っぷしが強いからとか、安全な場所に隠れ住んでいるからとか、理由はいろいろあるだろうが。

「で、さ」

エッジが出て行くのを見とどけてからきっかり十秒後。

誰ひとり言葉を発しないので、ベイジットが口火を切った。

「アタシ、どうなるわけ?」

「どうにもならない。生かしておく価値があると判断したのはシスタで、わたしではない」

これはベイジットにというより、息子に言ったのだろう。

スティングとやらが怪訝に顔をしかめる。

「そもそも何者なんだよ、こいつら」

「革命闘士だが、カーロッタとの繋がりはない。キエサルヒマ魔術士同盟の魔術士だが、離反して縁もない。例のマヨール・マクレディの妹だが、奴は結界の中で利用価値もない。だからなんの意味もないが、お前はこいつを見張っていなければならない」

滔々《とうとう》とビーリーが述べるのを聞いて、ベイジットの手を握るビィブが、ぎゅっと力むのを感じた。

ビィブは恐れたわけではない。怒りだ。ビーリーはベイジットを塵《ちり》ほども気にかけていないが、ビィブについては存在すら数に入れていない。

「なんで俺が――」

まだ愚図るスティングに、ビーリーがため息をつく。

「それはな、不本意だが、あの魔王の我儘《わがまま》娘の言うことに一理あるからだ。お前の決めることではないしわたしがどうすることもない。シスタがわたしの指揮官だ」

「シスタは父さんの弟子だろ」

「その通り。わたしは長らく騎士教官で、現場での経験は彼女に劣ると見られている」

それは事実と違うと言いたげな皮肉の調子を強めて、ビーリーは続けた。

「無論、お前はなおさらだ。どうしても文句があるならシスタの上官に直訴しろ。勧めはしないが」

と、息子の肩を叩いて部屋を出て行った。姿が見えなくなってからスティングがうめく。

「それってエド隊長のことだろ……」

「なーんか案外、ウチワのゴタゴタってあるみたいね」

ベイジットの声に、ぎろりと目を剥《む》いて睨んでくる。

「魔術士にも、できるのとできないのがいるからな」

「…………」

聞いてしばらくきょとんとしていたのは、ふりではなかった。

ああ、と手を打つ。

「それ、アタシへの嫌みネ。ごめん、自分が魔術士だってコト、なんかもうピンと来ないんだよね」

ただ、それを言われてスティングがショックを受けるのは分かっていたしわざとだった。温室育ちのエリート組は、魔術の才能を軽く見られることに慣れていない。さんざんビィブを軽んじてくれたことへの仕返しだ。

年下ではあるが図体《ずうたい》のでかい魔術戦士に、ベイジットは近寄った。拳のとどく距離に入るのは、正直、凶暴な大猿の檻《おり》に踏み込むような心地だったが。

「ま、兄ちゃんはだいぶ違ったケドさ。兄ちゃん、ココに来てたの？　知ってるみたいな話だったけど」

「マヨール・マクレディは外が騒がしくなったらここに逃げ込んできて、リベレーターとの決戦前にこそこそ出ていった」

「フーン。じゃ、あんたはリベレーターと戦ったんだ」

「……ああ。俺は……戦った」

威勢をくじかれたように動揺して、スティングが言う。

虚勢が続かなかったということは、これは嘘ではなく本当に戦闘に参加したのかもしれない。ラポワント市の破壊された街並みは見たし、学校の受けた損傷もまだかなり残っていたので戦いの激しさは知れた。となると、先入観ほどまるっきり苦労知らずの二世というわけでもなさそうだ。

(年下か……)

改めて感じる。

反射的に湧いたのは同情心だった――これは多少、自分でも驚いた。一番嫌いなタイプの魔術士に同情するなど。だが身体ばかりが逞《たくま》しい少年が、立て続けに起こった世間の激変や戦いのショックを精一杯でかい態度で押し隠しているのだと感じ取ると、そう残酷にもなれそうにない。

とはいえ。

それでも付け入る隙を見てしまう。これは性分だった。

「隅で震えてたワケじゃないよね？」

「戦果が認められて、魔術戦士になったんだ！」

唾と一緒に大声を浴びせられるが、ベイジットは瞬きもしなかった。

「ドーカネー。雑用係にされたダケって不安になってナイ？」

「………」

そこでようやく、スティングは察したようだった。

「俺を丸め込もうとしてるんだな？」

「いや、アタシは――」

「そう簡単にいくか。いいか、俺は魔術戦士だ。任務が雑用だろうとやり遂げる」

「アララ」

ベイジットはお手上げの仕草をした。してやったりとにんまりしたスティングの目を盗んで、ビィブに目配せする。ビィブもおおよそは理解していたようだ。余計な横やりは入れてこなかった。

もちろん、話はスティングが看破するまで続けるつもりだった。エリート魔術士のような純真な強者に取り入るにはコツがある。ただ煽っていても駄目だ。その時は機嫌が良くなるだろうが、いざなにか頼みごとをしようとすると一転、疑われる。

頼みごとを頼みごとと思わせないのが大事だ。自分で思いついたように仕向ける。そのためのパターンを作る。手綱を握っているのは自分だと思わせておけばいい。手綱に逆らうのではなく、向こうにこちらの望み通りの指示を出させればいいのだ。

「でもさ、結構めんどいと思うヨ。アタシらの寝泊まりドースンノ？　避難民は一杯いるみたいだケド……」

「革命闘士を一緒にできるか。噂だけでパニックになる。襲撃を受けたばかりだし、学生に犠牲者も出たんだ」

「じゃあ？」

「とりあえず、俺と一緒にいろ。魔術戦士の宿舎から出るな」

「宿舎って？」

「このフロアのことだ」

「ココ？」

見回す。教室は散らかっているが、人が生活しているという気配でもない。

スティングは頬を引きつらせた。

「みんなほとんど出払ってて、帰ってこない」

分かっていて決まり悪い言質を引き出すのはベイジットの常道だった。分かりやすく目を見開いて、声をあげる。

「なのにアンタはココにずっといんの？　アタシのせいで？　ゴメンね」

「任務は選べない」

半分こもった小声で目を伏せるスティングからは視線を外し。

ベイジットは教室を歩き出した。机や椅子はほとんどが倒れているし、窓ガラスも全部割れている。校内でもここは片付けが後回しになっているようだ。

　学校はどうしても《塔》を思い起こさせる。堅物ティフィスの退屈で意地の悪い授業は、教室のみんなを味方につけることでどうにか凌《しの》いだ。一方で、級友の企《たくら》むちゃちな悪戯《いたずら》の計画を密告することで教師の点も稼いだ。全員を裏切って立ち回りながら罪悪感は特になかった。どうせみんな、《塔》の魔術士であることに変わりはない。

「兄ちゃんは迷惑かけた？」

　出し抜けに、ベイジットは訊いた。

　スティングが顔を上げる。

　不機嫌に吐き出しそうになった言葉をいったん引っ込めて、言い直してきた。

「……そうでもない。リベレーターの奇襲に対応して、被害を減らしてくれた。ラチェットと仲良くしていたな」

「ラチェットって、校長の娘の？」

　会ったことはあるはずだが印象にはない。スティングは口を押し上げ訂正した。

「前校長だ。なんだか、従兄弟《いとこ》がどうとか言っていたな。てことは、お前も前校長の血縁なのか？」

「従兄弟？　なんのコトだろ」

　これは演技でもなくさっぱり分からなかったが。兄のことだから妙な出任せでも言ったのか。

「親戚っていうんじゃサ、さっきの無愛想ともソーだってことじゃん。そりゃご勘弁ダネ」

エッジの出て行った出口を指さして、ツンと目を吊り上げて顔真似する。

似ていたかどうか分からないが通じたようだ。スティングはにやりとした。

「言えてる」

「ウチの兄ちゃんなら、自分んちのほうの自慢をしなかったのが不思議だネ。アンタんトコと同じ、親が教師でサ。だから苦労もワカルよ。アタシは早々にリタイヤしたけどね」

「リタイヤ？　魔術士は辞めようがないだろう……おい、どこに行くんだ？」

スティングが制止したのはビィブだ。ビィブは参加のしどころがない会話に飽きて、入り口から廊下をのぞいていた。

もう半身ほど乗り出していて確かに出て行きそうになっていた。顔だけもどしたが狐《きつね》に摘《つま》まれたように眉根を寄せている。

「今、子供が通ったんだ」

「子供？」

「知ってる奴だった」

「アンタの知り合いがナンデいんのよ」

戦術騎士団の本拠になんで、というのもあるが。ビィブは数年前に住んでいた村ごと騎士団に滅ぼされ、それ以来ダンの元にいた……その〝隊〟もベイジットとビィブを残して全滅したのだから、そもそも知り合いなんてものがいるのか、というのもある。

疑わしくはあるものの、ビィブは本気のようで廊下に出て行ってしまった。仕方なく追いかける。

「だから、おい、ここから出るなって――」

スティングもついてくるが。

出てすぐに、ビィブが棒立ちになっていた。後ろ姿だが呆然としているのが肩の落ち方で分かる。

彼が見ている先には女が立っていた。総出で出てきたこちらを振り向いて、怪訝そうにしている。金髪の、見覚えのある中年の女だ。車椅子を押している。

車椅子にはおかっぱ頭の少年が座っていた。これもビィブを見返しているが、対照的になんの気持ちもなく澄ました眼差しだった。

「あら」

女はベイジットを見つけて、微笑んだ。

「お久しぶり。ベイジット・パッキンガム、よね？」

「あっ」

声で思い出した。名前は出てこないが。三年前に会った。

魔王オーフェンの妻だ。連れている子供は分からない。魔王の娘たちとはもちろん違う。

「間違いない。マキ！」

震え声でビィブが叫ぶ。

車椅子の少年は、しばし目を閉じた。歳はビィブとそう変わらないようなのだが、落ち着き具合は随分違う。

「えーっと。ビィブ・ハガーかな」

「そうだよ！　お前、生きてたのか？　これまでずっとどうやって――」

「おばさん。質問に答える前に、向こうにダッシュする準備して」

「どれくらい？」

「全速力。ええと、ビィブ。生きてるのかどうかについては、ぼくの勘違いでなければ多分生きてる。どうやって生きてたのかというと」

ガッと椅子の肘掛けを掴み、加速に耐える体勢を作る。

「村人を虐殺した魔術戦士に復讐《ふくしゅう》しようとしたけど気持ちが続かなかったからそいつの養子になってそこそこ安穏に暮らしてた。さあ走って！」

けしかけるのだが。

車椅子は走り出さない。魔王の妻は困ったように子供ふたりの顔を見回している。

「……なんで走らないの？」

体勢そのままに問う、マキとやらに。魔王の妻は答える。

「あんな顔されちゃあ、ちょっとね」

ビィブはまったく動いていない。

ベイジットも回り込んで、ビィブの顔を見やった。まさに〝あんな顔〟だ。両目を開いて顔面全部の筋肉を固まらせ、破裂寸前で留《とど》まっている。怒りどころではないだろうが……

肩に手を置くと眼球だけ、ベイジットに向いた。身体の硬直に反して、瞳だけ不安定に揺れている。その耳元に囁いた。

「偉いヨ」

裏切り者を見ても飛びかからずに思いとどまった。

「思慮があるならイイ男になる」

抱き寄せると腕の中で、ビィブは力を抜いていった。背中を叩いてやりながら耳を澄ませる。事情がよく分からない中——それはベイジットもだったが——スティングが、前校長の妻という難しい立場の相手にぎこちない説明を始める。

「このふたりは……革命闘士です。シスタが捕らえて、連れ帰りました」

それを聞いても女は重く受け止めた様子はなかった。よほど呑気なのか、肝が据わっているのか。

「そう。でも、これから拷問するってわけじゃないんでしょう?」

「情報はなにもないようなので」

大真面目にスティングはそんなことを言っている。

とりあえずベイジットは車椅子のほうを盗み見た。車椅子のマキはさすがに多少は忙《せわ》しげにビィブをうかがっている。話からすると、ビィブと同じハガー村の生存者ということか。ただしあちらは魔術戦士に拾われたらしい。

ついてもバレるような嘘はつかずにあれだけきっぱり裏切りを白状したのは、むしろ上手い嘘つきの思考だろう。思慮では、ビィブよりずっと上ではありそうだ。

「わたしたちは、ラッツベインの様子を見に行こうと思っていたところなんだけれど……」

気まずそうに車椅子の取っ手を握り、魔王の妻が話している。逃げるのは悪いと判断したが、早く行きたくはあるのだろう。

スティングはこれ幸いと話をまとめようとする。

「そうですか、お邪魔してすみませんでした。このふたりの監視は自分の役割ですので――」

「ソーダヨ。大人しくしてよう」

ベイジットはビィブに言い聞かせる体《てい》でつぶやいた。それほど大きくもないが、聞こえよがしでない程度には全員に聞き取れるように。

力なくうなずくビィブに、やはり同じ形で付け加える。

「でないとホントに監禁されちまうヨ」

どうとでも取れる仄《ほの》めかしをした。同情を引くか、話ができるチャンスはこれきりかもと思わせるか。別に嘘でも出鱈目《でたらめ》でもなく、スティングも否定しない。

「おばさん」

と、半身で振り返ってマキが呼び止める。

「ぼく、彼と話をしていきたいんだ」

「えっ?」

「おばさんは行っててていいよ。ぼくは大丈夫」

「……そう」

少し躊躇いはあったようだが、過保護にはしなかった。まあ、魔術戦士もついているのだし、そうそうのことはないと判断したのだろう。

廊下を行く彼女を見送ってから、他にそうする者もいないようなので、ベイジットは進み出て車椅子の取っ手を掴んだ。回してビィブと向かい合わせてもマキは気後れしていない。後ろからで表情は見えなくなったが、肩と首は緊張を測るには目と同じくらい雄弁だ。

対してビィブはやはり混乱から覚めてはいない。

突然ぎょっとしたように声をあげたのは、一番関係のないスティングだった。

「ちょっと待て。ハガー村のことを話してたのか?」

「そうですよ」

小さく嘆息して、マキが答える。

「俺はビィブ・ハガーだ」

名乗ったビィブに、スティングは狼狽えた。

「ハガー一族のか……！」

（……あれ？）

態度には出さなかったが困惑したのはベイジットもだ。ただ彼女が戸惑ったのは、この話題について一番無知なのは自分だったのかもしれないと気づいたからだった。

マキは呆れたように言う。

「ご心配なく。有名な血族でも、あなたが思ってるほど簡単には発症しないです。ヴァンパイア症は」

「べ……別に、心配したわけじゃない」

「お前はもう、一族じゃないのか」

スティングを無視してビィブが問う。

マキは認めた。

「ぼくはマキ・サンクタムだよ」

「エド・サンクタムの……？　戦術騎士団の、一番多く仲間を殺してきた奴だろ。分かってるのか」

「分かってないわけがない」

やや拗《す》ねたように、マキ。愚問だったのは確かだが、機嫌を損ねたのはそのせいばかりではなく後ろ暗さが否定できないからではあるだろう。

話が見えないおかげでかえって、子供たち三人（まあ、三人ってことでいいだろう）の立場はじっくり吟味できる。自分にできること、自分のすべきことも見えてくる。失敗が続いて自信をなくしかけていたが……

(アタシやっぱり、得意なのかもね)

思いは口に出さずに。

「まあとにかくサ、ここじゃなくて、部屋で話したほうがヨクナイ?」

提案に反対する者もなく、ベイジットは車椅子を押した。

19

七年前、ハガー村の全滅戦と呼ばれる大規模な戦闘があった。

全滅したのはハガー村の住人だ。革命闘士の支援を公然と行っていたため戦いは時間の問題だと見られていた。だが戦術騎士団が村人の虐殺にまで踏み切ったのは――そしてそれを市議会が認めざるを得なかったのは――一族の長にして村長のエルド・ハガーが強大化したヴァンパイアであり、さらに他人をヴァンパイア化させる〝種主〟なる力の持ち主だったからだ。

その稀少《きしょう》な能力から、革命闘士の組織全体にも大きな影響力を持ち、カーロッタからも危険視されたという背景もある。戦いが始まった時、ハガー村は孤立無援だった。

戦術騎士団が送り込んだのはエド・サンクタムをはじめとした精鋭部隊。村の大半がヴァンパイア化しているという激戦で、戦術騎士団の側にも多くの損失が出た。

その話を淡々と、マキ・サンクタムは説明した。村の仲間として生活してきた女子供も含んだ全員を殺していく魔術戦士エドの姿を、マキは見たという。殺戮の最中、目が合ったと思う、とも語った。

マキは生まれつき足が不自由で、自力では長く歩けない。まだ働く歳ではなかったが、いずれ闘士になる子供、つまりはビィブとは最初から分けて育てられていた。女たちの間で、家でできる仕事を覚えるよう教育されていたわけだ。

「レッタは生きてたのか」

ビィブの妹、レッタのことは覚えていたという。まだ立って歩いたかどうかという歳だ。

レッタに話題が及んで、ビィブは余計に声を曇らせた。

「でも、死んだよ。この前」

「そうか……」

マキが生き延びたのは、部屋から出られなかったからだという。ビィブとレッタは戦いの前に密《ひそ》かに余所に移された。エルド・ハガーは当時からはぐれ闘士であったダンと親交があり、ふたりを託した。だからビィブは実際の戦いについてまでは知らず、膝を抱えて食い入るように、マキの話を聞いていた。

マキは言わなかったが、マキが預けられなかったのはやはり足のせいだろう。荒野の生活は無理だと見られたのだ。

戦闘が終わってからマキは発見された。その時には心神喪失状態にあった。らしい、とマキは付け加えた。なんにも覚えてない。とにかく、そうだったと父さん役の人が話してくれた。

エド・サンクタムが自ら滅ぼした村の生き残りを養子にすると言い出した思惑については、マキにも分からない。周りが騒いでも反応もできない精神状態だったし、人格が働いていたとしても理解できたかどうか。当時のことはぼんやりとだがスティングも覚えており、父親が猛烈に怒っていたという。騎士団のほぼ全員が反対していただろう。校長ですら難色を示した——スキャンダルと言わずとも、厄介ごとの種になるのは疑いなかったからだ。ヴァンパイア症は感染するという迷信を信じる者も多い。またヴァンパイアの血族はヴァンパイアライズするというのは迷信とまでは言い切れず、勇名を馳せたハガー一族の子供はローグタウンでも受け入れが困難だった。

ただ、エド・サンクタムがそうすると言い張れば邪魔できる者はいなかった。最も強力な魔王術士のひとりであり、しかもいつ社会に反逆するか分からない危険分子でもある。結局は、プライベートにまでは口出しせずということで話がついた。

話がついたといってもそれは外の話だ。マキは当然、パニックに陥った。逃げ出せれば逃げていただろう。生まれた時から悪魔の巣と教えられていたローグタウンで、魔王の側近の世話になっているのだ。

「でも父さん役の人が、根気よく優しさを教えてくれたんだ」

「………」

マキの言葉に、全員が半眼で見返した。別にエド・サンクタムを直接知っている者は誰もいないが。

それを見回してから、マキがうなずく。

「うん。まあ、嘘。父さん役は、ひいき目に見ても最悪だったよ。今でも思い出すと吐き気がするし」

父親としても人間としてもどうしようもなかった。とマキは呆気なくこき下ろした。

家庭的な類のあらゆるすべてに、徹底的に向いていなかった。マキはしばらくして落ち着いて、ひとまずは懐いたふりをして憎い仇《かたき》の寝首をかこうと考えるようになったが……それがいかに困難かをすぐに思い知った。隙のない魔術戦士の油断を誘うことができではない。際限ない駄目人間を相手に子供のふりをするのがだ。

そもそもエドは子供の扱いをなにも知らなかった。知らないどころか、根深い悪意を持っているとしか思えなかった。食事？　家事？　そんなことはできなくとも、どうにでもなる。エドは子供にかける言葉を一語たりと持っていなかった。家庭内でエドがマキに対してできたのは、無視しないことだけだった。会話もなく、なにもない。マキの行動に興味を持つことすら無理だ。もちろんそのふりもできない。

にもかかわらず、ただ見ているのは分かる。正直に言えば、無視されたほうがいくらかマシだった。エド自身も趣味もないので、家ではじっとしているだけだ。

「ようなされた夢があるんだけど、父さん役の人が実は黒い虫の集まりかなにかだって分かって、わさわさと崩れて消えてなくなっちゃうんだけど、驚くとか怖いとかより、ただほっとするって夢……」

「……いろんな家庭があるものネー……」

他に言い様もなくベイジットはうめいた。

ぽつりと、ビィブが訊ねる。

「それで、復讐の気持ちが続かなかったって、なんなんだ」

マキはしばらく言葉を探したようだ。

「この説明でいいか分からないけど、なんていうか、あまりに惨めだったんだ、エド・サンクタムとの生活は」

また間をおいて言う。

「復讐する意味がないって思った。でも、そうなったのは単に気が緩んだのかも。友達もできたし。だから、寝返りだって言われたら、それは言い訳できないよ」

「しなくていい」

ビィブは頭を抱えて背中を丸めた。泣き顔を見られたくなかったのだろう。

「レッタを殺したのはダジートって革命闘士だ。そいつは俺たちがぶっ殺してやった。だからもう、こんがらがって、革命闘士がとか魔術士がとかそういうことでもねえんだって思う」

それはベイジットの受け売りだったのだろうが。

（〝隊〟の言葉だよな）

ベイジットとビィブが、今も一緒にここにいる根っこでもある。

「それ、ラチェットが同じことを言うんだ」

ふと漏らしてからマキは、言い直した。

「ぶっ殺すとかじゃないし、言うっていうのも違うかな……それを言うっていうか、逆のことを言うと怒るんだよ。魔術士だからどうするとか、そういうの」

聞いて、スティングは嫌そうに鼻で笑っているが。

ベイジットは興味を引かれた。

「ソレ、魔王の娘が？」

「うん。ラチェは、面白いから好きだな。そろそろ先のこと考えないとって言ってお金貯めてるんだけど、なにをする計画なのって訊いたら、さっぱり決めてないけど、自由になるには必要そうだからって。自由ってなにってもっと訊いたら、いつでも好きな時に自分を辞められることじゃない？　って」

「自分を？」

「ラチェットの場合には、魔術士をってことじゃないかなあ。そのために仕事を作りたいみたい」

「魔術士を、辞めるか？」

「だから、辞めようがないだろう」

また同じことを、スティングが繰り返す。

虚を突かれたようにベイジットも同じ言葉を繰り返した。魔術士を辞める。人から聞かされるのは初めてかもしれない。

まだしばらくスティングは難癖を続けていた——ラチェットとは同級で、あれは本当に変人で、いかにも劣等生らしく世間にばかりケチをつけているんだとかなんとか。自分の努力の足らなさを棚に上げて体制が自分のレベルに合わせせろと無茶を……云々《うんぬん》。

「その子、ドコにいんの？」

「それが行方不明なんだ。キエサルヒマから来たっていう魔術士たちと一緒に、ここを出ていったんだけど」

「ヘエ」

兄ちゃんとか。気にはなったものの、少し厄介そうだ。

その後、なにを和解したというものでもないが、マキ・サンクタムはラッツベインの様子を見に行くために部屋を出て行った。

スティングと部屋に残されることになったが、いくらかからかいつつも情報を集めた。ラチェット・フィンランディとその級友、あとマヨールにイシリーン、イザベラがどこに姿をくらましたか。スティングによるとローグタウンのあの巨大な影の柱、あれと関係ありそうだという口ぶりだった。もったいつけたというより、彼も詳しくは知らないのだろう。

「イシリーンはオモシロイ人だよ。兄ちゃんなんかとくっつかなけりゃヨカッタのに」

彼女の話を少しすると、スティングは食いついた。やはり美人だと思っていたようだ。《塔》の内輪の話も喜んで聞いていた。やはり学校の話というのが一番身近で分かりやすいみたいだった。ベイジットにとっても慣れた話だった——いかにも面白おかしく《塔》の不備や旧態依然の類をあげつらうのは。

夜は、スティングが備品から寝袋と毛布を持ち出してきてくれた。食事はわびしいものだったが。魔術士の特権として、缶詰の中身を温めるのに貴重な燃料は使わずに済む。ベイジットにもそれくらいはできたが、ヤッパ技加減が違うネーと褒めると、スティングはまんざらでもないようだった。騎士団に入ることになって接するのが超人のような連中ばかりだから、下から言われるのが嬉しかったのだろう。

夜中、ふと目を覚ました。

足音を聞いたのかもしれないし、単なる偶然かもしれない。もそもそと起き出して見回したが、ビィブは身体を丸めてぐっすり寝ている。スティングは確かめるまでもなくいびきが聞こえていた。

廊下を歩く音は近づいてくるようで、聞いているといつの間にか遠ざかっている。なのに聞こえなくなることはないし、また近づいてくると感じる。行ったり来たりしているのか？　だがそこまで規則的でもない。近づいていると思えば遠ざかり、遠ざかっていると思えば近づいてくるように、こちらの感覚を弄んでいる。心をのぞいているように。

(なんだろう)

気味の悪さよりも好奇心に逆らえず、物音を立てないように扉に寄った。気を遣わなくともスティングが目を覚ますとも思えなかったが。

(ここは魔術戦士の本拠地……危ないものがそうそう入り込める場所じゃないよね)

言い聞かせて、わずかにだけ扉を開ける。

廊下は暗かったが、月の明かりが細く入り込んで無明ではない。何者もいないし、足音もなくなっていた。立ち去ってしまったか、空耳だったのか。

もう少し扉を開けて廊下に出た。やはり誰もいない。

と思った途端に。背後の暗がりから声がした。

「もどろうとするとまた聞こえてくるよ」

「ヒャッ！」

慌てて振り向く。

そこには校長が立っていた。魔王オーフェン・フィンランディ。そしてもうひとり。エッジ・フィンランディが。

オーフェンは腕組みして面白がるような顔で。ゆっくりと言ってくる。

「誘ってるんだ。君は目をつけられたな。魔術戦士と違って手懐《てなず》けやすい」

「アノ……校長？　なんでココに」

すっかり泡を食ってベイジットが問うと、彼はますますにやりとしてみせた。

「ここは俺の城だよ。ただ、元校長だ。今は本来の仕事をしている」

「どんな仕事デスか？」

「腐れ縁を切ること、かな。蜘蛛《くも》の巣払いとも言えるが」

そう言って娘の顔を見やる。エッジは不機嫌顔でベイジットを見るばかりだったが。

「さっさともどって寝てなさい。あなたには関係ないことだから」

冷たく言ってくるのだが。その父親はというと、ふうむと疑問の声をあげた。

「それはどうかな。奴の悪戯にはできる限り逆らわないほうがいい。冗談で済んでいるうちには」

「まさか、連れていく気？」

キッと睨んで、エッジ。

オーフェンは肩を竦めた。

「俺だって本意じゃない。だが状況を考えると、それこそこんなことで手間を食いたくない」

と、ベイジットに視線をもどして、

「好きにすればいい。ついてきてもいいが、退屈な用事だぞ。囚人に会いに行くだけだ」

「囚人？」

革命闘士だろうか。いや、そんなものを捕らえる場所があるならベイジットもそこに連れていかれていてもおかしくない。

彼は隠しもしなかった。

「神人、魔王スウェーデンボリーだ」

20

「地下二千メートルともなると、俺が魔王術で転移する以外に出入りする方法がない。他の連中じゃあ転移できても代償なしとはいかないし、位置を特定するのも不可能だろう。もちろん掘り当てられる距離じゃない」

「つまり父さんが死んだら、スウェーデンボリーはずっと生き埋め？」

エッジが訊ねると、オーフェンは、ああと認めた。

「奴が自力で脱出する手段を思いつかなければな」

「じゃあスウェーデンボリーっていうのがアタシを誘ったところで、ドーニモなんないんですね」

結局、ついてくることに決めたらしいベイジット・パッキンガムが横やりを入れてくる。

父親はこれにも同意した。

「恐らくはな。だが力を失っていても、神人種族だ。わずかなきっかけでもあれば、なにをしでかすか分からない。先にひとつ注意しておくと……」

と、指を立てて告げる。

「君らふたりは、絶対に魔術は使うな。どんな小さな、単純なものでも駄目だ。それこそ、その場でうっかり俺が死んだとしてもなにもするな」

「アタシもあきらめて死ねってコト？」

「そうだ。あと、その部屋にいられるのは長くても数分だ。時間を無駄にしたくないので質問は今のうちにしておいてくれ」

「ナンデ時間制限？」

真っ先に飛んできた質問に、オーフェンは首を振った。

「地底の密室だ。空間転移で空気も一緒に持っていくが長くは持たない」

「ひとり減れば少しは長くいられるけどね」

棘をつけてエッジは言ったが、それを聞いてもベイジットは遠慮する気にならないらしい。それどころか露骨にエッジを無視するように背を向けた。

「校長先生はなにしに行くんですカ？」

「俺にも分からない。娘が言うから連れていくだけだ」

「フーン。イソガシーのに大変ですね。会えないデスかって訊いただけで死ねっつったヒトもいますヨ」

ばなおいい。

　まったく癇に障る。

　後ろから絞め落としてやりたい衝動に、エッジはどうにか耐えた。

　夜の暗がりは、いつもなら落ち着きを与えてくれる。たとえ不快な闖入者が不意に加わろうとも、闇はそんな奴と自分とを隔ててくれる。静かで、指先が痛くなるくらい寒ければなおいい。

　だが今は。不安定になっているのは自覚していた。第一教練棟を出て、ひとけのない中庭を歩いていた。別にどこから転移するのでも関係ないだろうが、時間を稼いでいる気配を感じる。父親は恐らく、かの本物の魔王にはできれば会いたくないのだ。

　それは魔王術を使わずに済ませたい、会うこと自体にリスクもある——といったこともあるのだろうが、きっと、エッジがベイジットと同じ空気を吸いたくないのと同じような感情だろう。父はスウェーデンボリーを嫌い抜いていた。

　かの神人種族の存在については、戦術騎士団の中でもタブーに近い扱いだったようだ。ようだというのは、エッジが魔術戦士になった時にはスウェーデンボリーはキエサルヒマに送られていたため、実体験としては知らない。だが父が長年、魔王を身近に置いて押さえ込んでいたのは事実らしい。どういう形でそんなことができていたかについては、騎士団にもほとんど知られていなかった。

　魔王術はその魔王から伝えられたものだ。かつては世界を創造した術でもあるはずだが。今ではもはや「欠陥だらけの火遊びに過ぎない」……とは父の談だが。

その術を、父は仕組み始めた。戦術騎士団は魔術の達人が集うが、それぞれ誰も万能ではない――当たり前だが。マジク・リンはずば抜けた魔力の強大さと制御力、大胆さがあるが器用さ、応用力に欠ける。エド・サンクタムには勘の鋭さと合理性があるが、その分浅薄で逆境を覆す力に弱い。これは不可能を逆転することこそメリットとなる魔王術士にはことに致命的だ。シスタは軽快なだけに術が軽く無駄撃ちが多い。ビーリー・ライトは正論馬鹿で、マシュー・ゴレは単なる馬鹿。クレイリーは自分の領分を守るだけの根っからの軟弱野郎だ。

ただの悪口になっていく思索を覆うように、魔王オーフェン・フィンランディの偽典構成を見る。父が魔術戦士らを束ねるのは文字通り最強の術者だからだ。ブラディ・バースであろうとエド隊長であろうと、やり合えば敵わないということだけは弁えている。

それだけのことでしかないのさ、と父は自嘲する。父は語らないが、数年か十数年先に、三強が衰えた時に戦術騎士団がどうなるのか、明るい展望は持っていまい。シスタやマシューがまだ生きていたとすれば、それぞれ隊長の座を望んで分裂するかもしれない。それを防ぐために御輿《みこし》としてラッツベインやエッジを担ぎ出すくだらない輩が出てくるのかもしれない（クレイリーの顔が真っ先に浮かぶ）。

人の死と同様、組織の腐敗は避けられない。カーロッタの奇襲とリベレーターの暴露で、戦術騎士団は既にとどめを刺されたに等しいが。それがなくともどれだけもったものかは疑問だ。

脱する方法があるとすれば——

物思いの途中で、父の術が発動した。

空間転移だ。五感が萎《しぼ》んで裏返る。平衡感覚が復活してもなにも見えないままだったため、エッジは混乱しかけた。だが、それが単なる暗闇なのだと言い聞かせて平静を保った。魔術で灯明を造りたくなる衝動も制した。

「マックラ！」

ベイジットが声をあげる。シッ、とエッジは注意を促した。酸素の無駄だし、空気を乱すと気配が感じづらくなる。

集中して、察知していた。そこは直方体の部屋だ。内壁がどんなものかは分からないが、足で踏んだ感触は硬い。地底二千メートルとやらが父のいつもの法螺《ほら》でなければ、そんな重量と圧力に耐える壁は自然界のものではないだろう。それだけでも緊張を覚える。ここはただいるだけでも凄《すさ》まじい力の集中するただ中なのだ。

肌がぴりつくのは他にも理由がある。暗闇の中、息づかいを感じる。自分と、父と、そして忙しないベイジットの他に。それは恐らく、これまで息を止めていた……が、入れ替わった新鮮な空気を吸って、生き返ったように呼吸を繰り返している。

見えてきた。気がする。灯《あか》りがないのだから見えるはずはないのだが。五感よりも濃く、感じさせるなにかがある。せっかくもどった感覚が、本当に元通りになっているのか不安が過《よ》ぎる。確かめたくなる……

「錯覚に乗せられるな」

今度はエッジが、父親に制止された。

父は闇の一画にも声を発する。

「お前が仕掛けているのなら、からかうな。憂さ晴らし以上の意味はないんだろ」

「囚人に憂さ晴らしがどれだけ必要か、君にだって分かるだろう」

魔王の返答が、それだった。

魔王術の詠唱で聞いたことはある。声音がどうのというものでもないが。

悪戯で済んでいるうちは……という父の言葉を思い出したのは、その魔王の声がまさしく悪戯を夢見てほくそ笑んでいたからだ。

「ベイジット。わたしを覚えているかな……この声だったら分かるかな？　また愛してくれないか？　キスをくれたろう……」

「エ？」

呆然とした声のベイジットに、魔王は言い寄る。

「わたしが協力すれば、君の拙い魔術でもここにいる魔王術士たちを倒せるぞ……本当だ。嘘はつかない。望むのならヴァンパイアライズでもいい。君が望んだ、無敵の存在にしてやれる……ケシオンや、オーフェン・フィンランディのようにね」

「イラナイよ」

きっぱりと、ベイジットは告げた。

「アタシは二度と魔術はいらないし、ヴァンパイア化も望んでない」

「それは本心じゃない……」

「本心かドーカなんてくっだらないョ。コレが建前ってんなら建前上等ダ。アタシに大事なのは隊だけ。隊が強くナルのに、アタシが無敵になるのはカンケーない」

「………」

　エッジは呆気に取られていたが。

　父は、笑い出した。

「正直、意外だったな。連れてきてよかったよ、ベイジット」

「その笑いは、憂さ晴らしかね？」

　魔王の皮肉は鋭かったが。

　オーフェンはそれほど取り合わなかった。

「ああ、そうだな。確かに必要だ。さて、時間がない。ここに来た用件、お前に心当たりはあるか？」

「ない」

「そうか。じゃあ困ったな。俺にもないんだ」

「父さん。わたしに話させて」

　前に出ようとして、どこが前かも分からなかったが。

　とにかく声に見当をつけてエッジは向き直った。

「キエサルヒマ人に入れ知恵をして、ローグタウンに結界を造らせたのはあなたね？」

「そういうことになるね……」

「運命の女神を足止めして、それであなたの計画は終わり？　裏切りの代償としてこんなところに閉じ込められて満足？　そこまで女神を恐れているの？」

「それは複数の質問かな。ひとつの答えを所望かな？」

「はぐらかさず答えれば、わたしが術を使ってあげる」

止められる前に、エッジは続けて告げた。

「いくら父さんでも邪魔はできない。わたしが術を使えば、あなたは別の術に造り替えられる。脱出でもなんでもすればいい。まあわたしたちを死なせれば、二度と外にも出られないでしょうけど」

「父親に反抗して、独自の取引か。お仕置きを受けるんじゃないか？」

変わらずにからかうような魔王の口ぶりだが。

相手が針に食いついたことは確信して、エッジは続けた。

「いいから答えなさい」

「では手早く白状しよう。わたしの計画はもう一段階あって、君に止める手立てはない」

「そう」

それだけ聞ければ十分だった。

構成を編んで囁く。

「我は生む小さき精霊」

灯明を生み出した。

白い光球だ。だが術の構成は発動の寸前、エッジの手を離れた。魔王に奪われたのだ。世界を創造するほどの魔術の達人――というよりまさしく超人に。魔王は自ら魔術を使うことはできないが、こんな小さな術からも構成を奪い、書き換え、途方もない効果にまで拡大できる。

やろうと思えばこの部屋の全員を抹殺もできたろう。それをすれば魔王は永遠にここに閉じ込められただろうし、オーフェンの反撃で敗北したかもしれない。地上に空間転移して脱出も難しくはなかったはずだ。

だが。

魔王が発動した術は、部屋の中央に、仄かに光を発する小さな水仙を咲かせただけだった。

ちょうどエッジの足下だった。弱い光だが、全員の姿をうっすらと照らした。なにがあったのか分からずきょとんとしているベイジットや、腕組みして難しげな父も。そして、床に倒れながら微笑んでいる魔王の顔も。

「ケシオンさん?」

ベイジットがつぶやく。

昔、父の秘書をやっていた人物だ。つまりこれが正体ということか。知っていたわけではないが驚きもなかった。

「魔術に不服があるとするとね、この光だ。白い光しか作れない」

震える手を花のほうに差し向けて、触れず、ぱたりと指先を床に落とす。

「それでもね……これで、気が紛れるよ。優しい気持ちになるのは大事なことだ。エッジ、ありがとう、ありがとう……」

そのまま眠るように目を閉じた。

そろそろ限界だったのは、魔王だけではない。だいぶ空気が濁ってきていた。オーフェンが魔王術を仕組み、詠唱を始める。これも皮肉だが、魔王は魔王術だけは盗めない。

来た時と同じように空間転移し、元いた中庭に出現した。移動のせいで一度途切れた意識だが、話の続きのようにエッジはつぶやいた。

「父さん……」

魔王の行動が物語るのは。父も同じことを思いついたようだ。

「ああ。そういうことだな」

「ドーユウ?」

分からなかったらしいベイジットの問いに。

オーフェンは説明した。

「機会があっても脱出しなかった。つまり、その必要がないってことさ」

「あそこでガマンするってことデスカ?」

「いや、違うだろう。反省するタマじゃない。結界で女神を拘束できるとしても、なるべく近くからは離れたいはずだ。それをしなかったのは、もっといい逃げ場所があるからだろう」

と、空を見やる。

夜で見えづらいが、闇の濃さで分かる。校舎の向こう、遥か天までそびえる影の柱だ。

「といっても、奴をあの場所から移動させられる可能性を持った力は限られてる。俺に思いつける範囲では、魔王術を除けばひとつだけだ。リベレーターが聖域のテクノロジーを復活させて結界を造ったのなら、聖域の一番強力な遺産も持ち込んだかもしれない。世界図塔の魔王召喚機」

かつては父が魔王の力を奪い、キエサルヒマ結界を破壊するのに使った装置だ。

それを再び使い、今度は魔王スウェーデンボリーその人を結界内に移動させる。そこまでが魔王の計画したことなのだとすると……

「ラチェットは、魔王の目論見を気づかせたくてあんな伝言を？」

エッジはうめいた。

「でも、召喚装置は結界の中でしょう。知ったからって止める方法がない」

それは魔王に言われた通りだ。どうすることもできない。

「そうだな」

顎を撫でながら、オーフェンは考え込む。

「止める手立てはない。だから――」

彼は突然、エッジに言ってきた。

「ラチェットとの交信は、連絡があれば必ず気づくか?」

「うん。それは多分」

「ならお前は俺のそばから離れるな。ラッツベインもだな。医務室から連れ出してきてくれ」

分かったと言いかけて、ふと眉間に皺を寄せる。

「それ、母さんに怒られるからわたしにさせるんでしょ」

「あほ。俺はマジクやらエドやらと話しに回るんだよ」

「でも母さんに怒られるのは嫌なんでしょ」

「うまくやれよ」

「あーもう!」

むしゃくしゃと地面を蹴ってから、第一教練棟に向かった。

21

「じゃあアレが、魔王スウェーデンボリーなんデスか」

中庭に残されて、ベイジットは訊いた。

校長は軽くうなずく。

「そうだ。三年前、君たちに連れて行かせて、フォルテに預けた。魔王術を伝えるために だ。それが今回の戦いの直接的なきっかけだ。まあ失敗だったな」

恐らく彼の身を破滅させるであろう失策を、彼は天気の話でもするように語った。ベイジットはいつものように反射的に、相手の胸中を探ろうとした——月明かりに照らされな お暗く、魔王オーフェン・フィンランディは皮肉に口の端を上げている。

捨て鉢なのか。死も敗北ももう避けられないものとして、あとは死に様を探すだけか。 とも思ったが、やや違う気がした。

「他人事のように言うな、と思ったかな？」

彼もまたこちらの気をのぞき、嘆息した。

「態度が悪いのは癖でね。それか、慣れかな。若い頃から、世界の破滅に関わりの多い人生だった」

「アタシの周りは、ソーいうの関わらない人たちばかりでした。同じ世界が続く、続いていくべきだ、ってヒトばかりで」

「そりゃ、こっちだって大半はそうさ。その点じゃあ、俺と同類なのはひとりくらいしか思いつかない」

「……ダレですか？」

「カーロッタ・マウセン」

皮肉なのか本音なのか。単に皮肉な本音か。

彼は笑いを噛み締めて、近くの木にもたれかかった。

「君は三人目の仲間だな」

「ドシテ三人目って思うんですか？　カーロッタに従う革命闘士ならタクサンいますよね」

世間話の世辞以上のものを感じて、訊ねる。

校長はうなずいた。

「以前会った時には、そうだな、君は彼らと変わらなかった。不満を抱えて破壊が欲しいってだけなら、率直に言えばつまらん。だけど今は、前ほどこの世界は嫌いじゃないだろう？」

「ハイ」

それは素直に口から出た。だけど……

と思い浮かんだ言葉を掴まえるように、校長が手を振る。

「それでもなお、変わるしかないと思ってる。平穏を犠牲にしてでも」

「違いはナンなんですか？」

「さあな。分かりゃしない。はぐれ者なんだろう」

それは間違いなく皮肉だった。

夜空を見上げて彼は続ける。この一瞬だけ、なにか夢でも見るような眼差しだったが。

「君らを見ているとどうしても感傷的になるな」

「……ら？」

「君はアザリーに似たところがあるし、マヨールはティッシそっくりだ。ふたりそろってよく俺を殺しかけたよ。普段もそうだったし、二十三年前、聖域でも」

「？」

よく分からなかったのだが、問う隙もなく校長は続けた。視線を下ろし、向き直って。

「今日の状況は実は、俺と君が作ったのかもしれない。三年前、俺が呼びかけて君が答えた」

「……そうですネ」

林間の、月と星を遮る枝葉の暗がりは、時間の隔たりを感じるにはちょうど良い。夜風に枝が揺れれば影も引きずられて揺らめくようで、動かないはずの闇も儚《はかな》い。木の幹から離れて、そこに佇《たたず》む校長は、さっきまでいた無明の牢よりもなお深く、暗闇に馴染んでいた。

「実際には、根はもっと深い。君が生まれるもっと昔、それか俺が生まれるよりも昔、誰が生まれるもっと前かもな。世界全体の腐れ縁だ。俺の仕事が終わった時にも、それが全部処分できてるとは思えない」

自分はまだきっと、そこまでは身に染みてないのだろう……直感的に思った。まだこの暗がりを怖いと感じる部分がある。

光と闇ほどには違わなくとも。同じ場所にはいない。校長もそれを知っている。はぐれ者は、誰とも共に歩けない。

「それは、どうするンですか？　未来の人に全部丸投げ？」

ベイジットの投げる言葉に、彼は肩を竦める。

「残念ながらそうするしかない。彼らの人生が退屈でないことを祈る」

「悪いトコを直すには変化が必要です」

「革命か。やればいい」

「やれるモンならってことですか？」

つい前のめりに挑む形になるが。

校長は、ふっと笑ってかわした。

「そんな意地悪じゃないさ。君は俺と話がしたいと思ったんだろう。どうしてだ？」

「前に会った時、アタシは子供でした。今どうなのか、教えてもらえると思ったんです」

それはもう、聞いたといえば聞いたのだろうが。

改めて、彼は言ってきた。

「大人のふりをしてるのが子供さ。子供のふりをできるなら大人だ。君は上手な嘘つきだから、どっちなのかは君にしか分からない」

「……逃げるミタイな答えです」

「そうだ。大人は逃げ方を知ってる」

澄まして言う。

ベイジットは頭を掻いた。

「訊くだけ馬鹿なギモンですか」

「まったくもって、そうだ。今のところ君は寄る辺もなくここに紛れ込んだ一介のはぐれ者でしかない。だがキエサルヒマの結界を破壊した時の俺だってそうだったさ。違いがあるかどうかなんて誰に分かる？」

しばし、沈黙を挟んでから。

校長は続けた。

「誰かが誰かに託すんだ。それで役割が決まる。ただのはぐれ魔術士が新大陸の魔王にもなる。それを思うからかな、他人事のようにも感じるのは。君の叔母は俺に、俺が特別だから託すわけじゃない、勘違いするな、と言ったよ」

「……………」

気を取り直してベイジットは言い出した。

「アナタよりカーロッタのほうが正しいコトしてるって、アタシ思います。アナタが勝つと、魔術士も資本家も、前と同じように世界を支配し続ける」

「前と同じようなふりができるだけさ」

「どう違うンですか？」

また同じように質問した。

「まず、あれだよ」

校長は手で振って示した。校舎のほうだ。大きく崩れた箇所がある。

そこが一番目立つ損傷だったが、見えない破損もたくさんあるだろう。水道の修復を先行していて、見た目は後回しなんだとスティングは言っていた。

この学校は襲撃され、まだ直っていない。

「そして建物の向こうだ。ここからは見えないが、防御壁が崩れてそのままだ。率先して直さないとならないのにな」

「ハイ」

「壁は前にも一度作り直したが、以前は今より低い壁だった。今度はもう天人種族製の強力な材質か、いっそ魔術文字を用いた防御結界が作れないかって声が保護者たちからあがっていて、作業に入れない。でないと生徒をもう通わせたくないそうだ。前者はともかく、世界が存続している時には文字魔術はまた効果がなくなっていると言っても通じなくてね」

「…………」

「元にはもどらないよ。望もうと望むまいと」

今度こそもっと長い静けさに、風の音を久しぶりに聞いた気がした。さむけも。

破れた壁のすきま風かと思えば、この話にはちょうど良い。校長も身震いして襟元を引き寄せた。

「俺に言わせりゃ革命こそナンセンスだ。ほっときゃ壊れるものを、わざわざ派手に壊しに来て相手の寿命を延ばしてやるこたぁない」

「立場の弱い人は切実なんデス」

「そうだな。やる意味があると信じるなら、やればいい。俺は立場上カーロッタを殺さないとならないが」

休憩も終わりだということだろう。彼は校舎に向かって歩き出した。

ベイジットは少し待ってからその場を離れた。

(意味があったかどうかはともかく、来た甲斐《かい》はあったかな。ここに)

まずはビィブに話そう。あとたぶん、あの生意気なスティングにも。マキ・サンクタムにも。他にももし機会があればシスタも、エッジも、誰でも。カーロッタでも。

それが役割なのではないかと思えた。はぐれ者ベイジットの。思い過ごしかもしれないが、校長に、荷物のほんの隅だけ、託されたと感じたのだ。

(そうだ、あと、できれば……)

マヨールにも。きっと話そう。

歩き出してみれば、風はそれほど肌寒くも感じなかった。

22

意識を回復した時、周りすべてが白く見えてマヨールはふたつのことを考えた。死後の世界かもしれないということ。それが違うのであれば、この造りには心当たりがある。天人種族が好む内装だ。

どちらの結果を望んでいたのかは、ぼんやりした頭ではまだ回答しかねた。身体中がずきずきと痛む。打ち身だ。火傷《やけど》ではない。自分が炎の中にどれくらい倒れていたのか、それで見当をつけた。

（痛てて……）

寝返りは無理だ。首だけでも回そうとする。白い天井から白い壁に視線を移しても、気持ちは上向かなかった。少しずつ五体を動かし、怪我の程度を把握してから術を発動した。痛みが軽くなる。

意識もクリアーになったが、それは単に時間がかかったからだろう。寝かされていた寝台から起き上がり、白一色の室内を見回す。扉はなく、通路が見えた。部屋は広くはない。ふたり分の寝台があるだけだ。

もうひとつの台にはイシリーンが横たわっていた。どうにか立って、彼女の様子をのぞき込む。息は安定していた。怪我もしていない。あの爆発の中、彼女を庇ったような記憶はあったのだが、夢かもしれない。

イシリーンは寝かせておいて、マヨールは通路から顔だけ出した。通路は左右に延びていたがゆったりと丸くカーブし、行く先はどちらも見えない。途中、ここと同じであろう部屋の入り口がいくつも見える。

通路も部屋も、壁全体がほんのりと発光していた。熱のない白い光。よく見ると壁に魔術文字がうかがえる。

と。

「ワハハハハハハ！」

また部屋の中を見やると、黒いコウモリのようなマントに悪魔らしい仮面をつけたジェイコブズ・マクトーンが巨大な剣を掲げ、イシリーンの首元に刃《やいば》を当てている。

「我が輩、邪悪でとっても悪い性質を持て余した大黒幕である故、美女を殺したくて仕方がなーい！　あと子犬を蹴るのが趣味で世の中が荒《すさ》んで悪党がのさばるのが大好き！　そして無敵であるため、君がたまたま持っているスーパー男前な饅頭爆弾以外では倒すことはできぬ！　ただそれ投げられたら即死！」

マヨールは手の中を見下ろした。確かに饅頭を持っている。髑髏《どくろ》マークがついていて、投げればジェイコブズは質量分解されこの世から消滅するのだ。結界もなくなり、世界は平和になってあらゆる悩みから解放され、マヨールは世界を救った神になる。

魔王ではなく。

饅頭を手の中で跳ねさせて、マヨールは苦笑いした。

「これで引っかかる奴とか、いるのか」

「どうかな。咄嗟の行動や口を滑らせるのを、隠した本音や本性が現れたと見なす心理学もどきというのは、よくあるだろう」

ジェイコブズは交渉もやめ、馬鹿げたコスチュームもあっさり消え失せた。

「もちろん的外れだ。条件反射に真意などない。熟慮してようやくぎりぎり人格といえるレベルを保っているのが人間だ」

彼の手にはもう見慣れたカミスンダ台本があり、そしてマヨールの手のひらからは饅頭爆弾とやらはなくなっている。術が解けていた。部屋の様子はなにも変わらず、イシリーンもそこに寝ている。

「じゃあどうして、試したんだ？」

マヨールの問いにジェイコブズは悪びれもしなかった。

「君が引っかかった後で得意げにそう言いたかった。それにその後の言い訳では、本音を漏らしたかもしれない」

「助けてくれたのは、あんたか」

「もちろん、そうだ。彼女を失うわけにはいかんのでね。それに、状況の説明が欲しかった」

彼が手を振ると壁が変化した。

目の隅でうかがうがシスター・ネグリジェの姿はない。ジェイコブズが魔術を制御したはずはないので、どこかで彼女が見ているのか。

ともあれ壁に四角く、窓が開いた。実際の窓ではなく風景を映し出したものだ。暗い。外だった。ローグタウンのどこかだろう。

爆発と炎が林を焼き払っている。建物も吹き飛び、荒れ果てていた。凄まじい破壊だ。その爆発の中心で戦っているのはイザベラだった。

相手はガス人間たちだ。殺到するクリーチャー兵を次から次へと打ち負かしている。身体中ぼろぼろに見えたが、戦いをやめることなく突き進んでいる……

「いささか見くびっていたかねえ。えらいもんだ。もう小一時間も暴れ回って、我が兵でも止められない」

言葉とは裏腹に、ふんと鼻で笑って、

「やっていることといったら、この世界図塔に攻撃を仕掛けては通じずに引き返していくだけだがね。しばらく潜んで、また繰り返してる。いつまで続けるつもりかな」

「通じるまでだろう」

壁に映った師の姿を見つめて、マヨールは答えた。

「ぼくらにも止められなかった。彼女はあんたを八つ裂きにできれば、あとはどうでもいいと思ってる」

「君の意見は違うわけだ」

「どうかな。ただ、あんたが知らないでいる情報がある」

「どんなことかな？」

ジェイコブズの鋭い眼差しと向き合う。

刺し合いを避けるように、まぶたを半分下ろして告げた。

「ラチェット・フィンランディは白魔術士だ。それも、かつて召喚機を動かした人造人間に匹敵するほどの」

「やっぱりねえ」

動じたところは見せず、ジェイコブズは顎を撫でる。

「見分け方があるんでもないが。なんとなく分かるんだな。白魔術士って連中と、長く付き合っているとね……」

「長く？」

「わたしの秘められし過去というやつだよ。貴族連盟が白魔術士を管理していた施設というのがあってね」

それは聞いたことがあった。昔の話だし、伝説に過ぎないとも言われていたが。

「《霧《きり》の滝《たき》》……！」

「おう。優等生ご名答。このクソガリ勉が。ええと……それでわたしは看守だった。ま、そんな話はいい。で、君たちが仲違《なかたが》いした理由というのは、わたしがこのへんで察している通りかな？　かなかな？」

と、頭の横をこんこんと指で叩く。

ああ、とマヨールはうなずいた。イシリーンの寝顔が見える。

「誰を犠牲にするかで意見が分かれた」

「だろうねえ。だがそのラチェットは今どこだ？」

「逃げられた。村のどこかに隠れてるんだろう」

「《塔》の手練《てだ》れふたりが、子供に出し抜かれた……？」

目を細めたのは疑ったのか、面白がったのか。

マヨールは認めた。

「生まれた時から革命闘士に四六時中狙われて、逃げ方を心得てる子供たちだ」

「ふうむ」

ジェイコブズはまた手を振って、壁から外の光景を消した。

「よろしい。ま、理解しようクソガリ君。ことはじっくり進めたかったが。そうも言ってられんようだね。あのオバハンの暴れようじゃ、魔王の娘も巻き添えを食いかねない」

そして冷酷な一言を残す。

「君も協力してくれるね？　ラチェットが手に入れば、こっちのオッパツキンは生身のまま生かしていい」

言うや否や姿を消した。転移だ。やはりシスター・ネグリジェがどこかで制御しているのだろう。この世界図塔全体を。

溜めた息は吐かないまま、マヨールは部屋に立ち尽くした。

イシリーンが片目だけ半分開けているのを見て、小さく言う。

「起きてたのか？」

「途中からね。なにオッパツキンて」

身体の痛みはさっきのマヨールと同じだろう。動き出せるまで手間がかかったが、怪我を治すまでも大体同じだ。

胸を手で叩きながら、ぶつぶつつぶやいている。

「オッパツキンてTシャツ作って着ようかな。どう思う？」

「気に入ってんのかよ。好きにしろよ」

「あなた用のはクソガリ君でいい？」

「それもまあ好きにしろ」

「……先生はどうなった？」

早口でそれも訊いてくる。マヨールは静かに言った。

「まだ生きてる」

「そう」

素っ気なく、イシリーン。

監視を警戒して多くは話せない。

それでもマヨールは、これだけは話を続けた。

「君は俺が守る」

「分かってる」

それも感情は押し殺して彼女はつぶやいた。

23

揺れる天井を見上げて、サイアンは一応、言っておいた。

「ぼくは反対なんだ」

「なにに反対？」

木箱をふたつ並べた上に板を置いた、即席の寝台に横たわって、ラチェットは答える。

また爆発の震動で、会話は遮られた。ぱらぱらと砂が落ちてくる。

外はひどい騒ぎだ。外というか、地上は。

狭い地下室に三人閉じこもり、サイアンとヒヨは身を寄せ合ってラチェットを見下ろしている。灯りはヒヨが魔術で造った鬼火が一個。天井から落ちる砂と埃を、白く照らしている。

サイアンはため息をついた。一応でしかないのは分かっているのだが。

「これからすることに」

「世界を救うのに反対？」

「ラチェが心配だ」

ラチェットはしばらく横目でサイアンを見てから。

ちょいちょいと、ヒヨを手招きした。顔を近づけたヒヨに耳打ちする。といってもサイアンにもはっきり聞こえたが。

「多分だけど、わたし趣味でこれやってると思われてる」

「サイアンそうゆうとこあるよねー」

「思ってないよ」

口を尖らせ、サイアンはうめいた。

また震動。ヒヨが、みしみしと音を立てる天井を見上げた。

「ここ、大丈夫かな。見つからないかなー」

「どうだろ。うちの隠し地下室、あいつらが、ぼくが昔ここに住んでたって知ってたら見つけるのはそんなに難しくないかもね」

不安につぶやく。昔住んでいた館の、非常時の隠れ場所だ。サイアンはよく覚えていないが実際に使われたことも何度かあったという。当時はカーロッタの部隊がこの村まで乗り込んでくることがあったのだ。

その時には見つからなかったわけだが……

ともあれラチェットはそれも一蹴した。

「イザベラが外で暴れてる限りは、敵もそうそう自由にはできないよ」

そして寝た姿勢で両手を腹の上に組み、目を閉じる。

「やるって決めたからにはやる。やらなかったらそれこそ破滅だよ。あんなダサい見得《みえ》まで切ったのにさ」

「分かったよ」

確かに分かってはいたのだ。諦めて、その場に座り込む。

「ぼくらに手伝えることはある？」

「ないよ。わたしのこと守ってて」

ラチェットはいったん手を伸ばして、サイアンの頭をぽんと叩いた。そしてまたお腹の上にもどし、眠るように深呼吸した。

24

マヨール、イシリーンを拘束も監禁もせずジェイコブズが置き去りにしていったのはどうしてか、それはすぐに理解できた。

部屋を出て通路を回ってみると、元いた場所にもどるだけだ。部屋は全部空室で、最初の部屋と同じだった（目印をつけなければ見分けもつかなかったほどだ）。別の階層に繋がる通路はどこにもない。かつての聖域全体の管理と同じ、移動はすべて管理者に依存するしかない。聖域に残った人間種族は、この権限を天人種族から得ることで、他のドラゴン種族らを従えたという。

「ここのフロアはなんなんだろうな。休憩室かな」

「そんなとこでしょ。世界図塔の造りって、習ったことあったっけ？」

「授業ではない。ただ、母さんが――」

と一応そこで切って、イシリーンの顔を見る。

「なによ」

「母さんのこと言うだけで腹立てるだろ。とにかく、母さんがかなりの部分を把握していて、聞いたことはある。最下層の中央に召喚機の……操作室というのかな。術者が制御をするためのホールがあるはずだ。魔王オーフェンが魔王の力を召喚した場所」

マヨールの説明に、イシリーンは通路の行く手に、妙な手つきで指を向けた。角度を測っているようだ。

「回った感じ、結構広いのね」

「ああ。こんなもの、よく船に積めたな。運び出したっていうのも信じられないけど」

「聖域跡遺跡は貴族共産会の最後の砦で、《塔》の調査も入れなかったものね」

腕を下ろしてしみじみと言う。

ここまではおおむね想定していた。

そしてここで目論見が外れれば、始まる前からすべて終わりだ。うまくいくかどうか。

無言の合図を見交わし、イシリーンがうなずくのが見えた。

彼女が詠唱を始める。

理解できない、異常な構成を広げる。イシリーンの声に別の声音が重なり……そして。

マヨールはイシリーンの身体を抱きかかえて、衝撃に備えた。

衝撃があるのかどうかも分からなかったが。感覚が反転し、空間転移の不快感に耐える。

仕組まれた偽典構成は効果を発揮し、ふたりを空間転移させた。

魔王術だ。初めて術を成功させたイシリーンはどんな契約触媒を求められるかも分からず、移動先も目当てが外れていたならもう一回やらねばならない。

（我ながらひどい賭けだな）

だが役割を代わることもできない。そのひどさから逃げられる場所もない。

感覚が回復して、最初に見えたのは。

まったく変わらない通路だった。

抱き合ったまま訊く。

「……ここは？」

「多分、一階下」

そう言って身体を離し、イシリーンは手近な部屋をのぞいた。マヨールも隣を見たがなにもない。

「ハズレか」

マヨールはうめいたが。

イシリーンはきょとんとした顔をしていた。

「どうしたんだ？」

行動を急がねばならない。急かすつもりで言ったのだが。イシリーンは胸のあたりに手を当てた。

「ブラがずれた」

「なに言ってんだ」

だがイシリーンは真剣そのものだ。ぱたぱたと身体を手で叩き、そして。

彼女と目が合った時、マヨールも、あっと声をあげた。気づいた。

「ねえ。わたし、縮んでない？」

目線の高さが違っている。数センチほど、イシリーンの背丈が縮んでいた。

これが彼女の魔王術の代償なのか。

「…………」

黙って見つめ合う。だが。

今度はイシリーンが、抱きついてきた。さらにまた偽典構成を始める。

呪文の詠唱とは別に、こうも囁いた。

「手のひら大になったら、ポケットに入れて養いなさいよ」

また術が発動し、同じく空間転移する。

結果は、また同じだ。まったく似た通路。そして人の気配はない。

「ここもか」

そしてイシリーンを見やると。

「………………！」

今度こそ絶句して仰け反る。

そこにいたのは確かにイシリーンだったが。姿が変わっている。というより。

「な、なに。どうなったのよ……あ、胸はもどってる」

「一言で言うと、歳を取ってる」

「え？」

四十歳ほどになっているのだろうか。幾分か老けた様子のイシリーンが疑問の声をあげた。

目玉をぐるりと動かして思案し、

「じゃあさっきのは……」

「縮んだんじゃなくて、若返ってたんだ」

「ど、どういうこと？　普通、増えるか減るかどっちかじゃない？」

契約触媒はわけの分からない結果になることがある、とエッジは言っていたが。

短い時間で考えて、結論を出さないとならなかった。マヨールは告げた。

「多分、何歳になるか分からないんだ。次、三歳か百歳にでもなったら、おしまい……」

目を丸くして、彼女も息を呑んだが。

すぐにきっぱりと首を振った。

「どのみちもう限界。次で最後よ！」

三度目の魔王術。ヴァンパイア症を解消するほどの巨大な術ではなく、近い距離での空間転移ではあるが、不慣れなイシリーンにはかなりの負担のはずだ。

結果は——

「……誰だ！」

誰何《すいか》の声に、マヨールは内心喝采をあげていた。

腕の中にいるイシリーンは、ぐったりと意識を失っていた。見たところ、歳は元に近いところにもどったようだ……じゃっかん若いかもしれない。まあ起きたらそう言っておこう。少しは機嫌が取れるかも。

彼女を床に横たえて、マヨールはあたりを見回した。

これまでとは違う部屋だ。全体の造りは似ているが。広い。

円形の広間に、ずらりと水槽のようなものが並んでいる。人間が入れるほど大きいもので、ざっと十数はあるか。数名の男と女が作業をしていたようだ。

クリーチャー調整槽だ。人間の巨人化を発現するための装置。見て完全に分かったわけではないが水槽自体はただの容器で、意味があるのは中の液体だろう。原大陸で革命闘士が用いる信心証明薬とかいうのに類するものではないか。

調整槽には人が入っていた。クリーチャー兵、オリジナルのイアン・アラートに似た、半実体のガス人間だ。外でイザベラと戦って、分解された者が完全に揮発する前に帰還し、ここで形を取りもどす。いま行われているのはそれだろう。

マヨールは手を掲げた。

「光よ！」

渾身の光熱波で一室を薙《な》ぐ。

爆光に触れ次々と砕けていく槽から、破片と薬液が四散する。作業員たちが悲鳴をあげて逃げる。

中には拳銃を抜いて発砲した者もいたが、混乱の中狙いは定まらず、なおさら恐慌を大きくしただけだった。マヨールは腕を上げ、天井に向けてもう一発威力の大きい術を撃ち込んだ。不完全なまま槽から解き放たれたガス人間らが、熱波に拡散する。炎は作業員たちの恐怖もかき立て、騒ぎを煽った。

（逃げ場がないなら倒すしかないな……）

自分の逃げ場ではなく作業員たちの逃げ場だ。見たところここは一室だけで完結していて、出口もなにもない。どろっとした液が足下に溢れ、派手に転んで、半狂乱になって身体から液を拭おうとしている作業員もおり、どうやら無害ではなさそうだ。すぐさまヴァンパイア化するほど過激な物質でもないようだが。

こちらにまで流れてくる前に、イシリーンを抱きかかえて後退した。

すると。

「どういうつもりかな?」

向かおうとしていた部屋の隅に、ジェイコブズが姿を現していた。室内の騒ぎに反して、静かに。だがゆっくりと怒りを噛み潰して。ジェイコブズは言ってきた。

いや、口から出ようとした彼の言葉を、大声で叫ぶ作業員に邪魔された。

「助けて！　助けて！　変化する……変化しちゃうう！」

薬液まみれになって騒ぐ女の作業員に、ジェイコブズは視線を向けて。

即座に撃ち殺した。

狙撃拳銃で一撃。騒ぎを鎮静したのは、銃声か、脳を吹っ飛ばされたその女が倒れる音か、彼の言葉か。

「うるさい。その程度で変化するか馬鹿者が。自分が扱っていた変化液がどんなものかも知らんのか」

すぐに銃口をマヨールに向ける。

カミスンダ台本のような冗談の道具とは違う。魔術道具ではなく一番使い慣れたものを持ち出してきた。それで本気の度合いも知れる。

距離は三メートルほどか。狙撃拳銃と魔術とで、最も魔術が不利になる距離だ。縫い止められたように肩を引きつらせて。マヨールは答えた。

「これで俺たちをクリーチャー化する手はなくなった」

「同時に、生かす理由もなくなったわけだ。魔王術か。大層な切り札を使って出し抜いてくれたが……愚策だな！」

ジェイコブズの銃口が火を噴き、マヨールはその場に転倒した。

足を撃たれた。右の太股《ふともも》に開いた穴から血が溢れ出す。傷口を押さえて咄嗟に確かめた。骨は抉《えぐ》られていない。出血も動脈からではない。

倒れたマヨールの眼前で、今度はイシリーンに銃を向け、ジェイコブズが声を荒らげる。

「どうして急に魔王術が使えるようになった！　まだ《塔》では実用化していなかったはずだ！」

「……てよかったよ」

痛みで息が切れ、言い損なったのはわざとではないが。

睨んできたジェイコブズの目を見るに、苛立たせるのには良かったようだ。

「なんと言った！」

「お前が詳しいなら、説明が楽で、良かった」

一言一言、告げる。

集中する。なによりも重大な魔術をかけねばならない。心を掴む術を。妹のように。

撃たれることはさすがに予定していなかったが。全身に吹き出る汗を感じ、熱とともに。

マヨールはイシリーンを指し示した。

「聖域で、うちの母親が使った方法だ。母と叔母が」

イシリーンの身体から、剥がれるように別の人影が起き上がる。

半分透明の少女の姿だ。ラチェット・フィンランディの。

「精神体、だと⁉」

ジェイコブズが叫ぶ。

マヨールは続けた。

「精神士だ。白魔術士が能力増大のために変化する最終形態、だろ。人体に取り憑けば安定するし、精神支配の後押しでイシリーンを魔王術士にもできる。そして」

ラチェットの精神体は空中でくるりと上下回転し、そのまま床を突き抜けて消えていった。

「ラチェットほどの術者がやれば、単独で召喚機だって動かせるかも……」

「馬鹿なっ！　そのために肉体を捨てたのか。鍛錬のない者がやればすぐにも消失が待つだけだ。ガキごときがそんな犠牲を――」

「世界の命運がかかってる！　犠牲くらいくれてやる！」

「キレやがったか……」

舌打ちしてジェイコブズも姿を消す。

さらに遅れて、マヨールの意識も消えた。

（まずい。気を失うわけには……）

と思ったが、また空間転移だった。もちろんイシリーンの術ではない。ジェイコブズと同様、管理者に場所を移動させられた。

出現したのは、先ほどよりも狭いがよく似た部屋だ。円形で、周囲を観覧席のような二階？　に囲まれている。真ん中には四角く整然と椅子が並べられていた。その椅子の向いているほうが正面ということなのだろう。観覧席もその部分が少し高くなっている。演壇のように。

傷ついた足を引きずり、倒れ込んだままマヨールは胸の中でつぶやいた。聞かされた話と一致する。ここが……

（召喚機だ）

すぐそばにイシリーンも倒れている。そして見上げれば間近に、ジェイコブズも立っている。彼は拳銃をぴたりとマヨールの頭に突き付け、部屋の天井に向かって叫んでいた。

「ラチェット・フィンランディ！　自棄《やけ》を起こすのはやめろ！　ガキひとりでこの装置を動かしたところでどうせ失敗だ！　てめえは無駄死に、仲間の頭も吹っ飛ばされて、あと……残ったガキどももただじゃあすまさねえ！」

「彼女は犠牲を覚悟している。世界を救って英雄に――」

「黙れぇ！」

銃のグリップで殴りつけられ、マヨールは脳震盪を起こした。ふらつく頭を押さえている間、さらに大きくなったジェイコブズの声が妙に反響して聞こえる。

「やめれば身体だってもどしてやる！　こっちゃあ全能の力を手に入れる算段がある！　仲良くやっていこうぜって話をしてるんだ！　調整槽は壊されちまったし、てめえらの利用価値もねえが、邪魔さえしなけりゃ生かしてもいいんだ！」

返事はない。

ラチェットが現れないことで、ジェイコブズの心に生じたのは焦りか余裕か。

「くそっ」

毒づいて、ジェイコブズは髪を掻き毟った。

「来い！」

呼ばれて出現したのはシスター・ネグリジェだ。

彼女を睨み、ジェイコブズは毒づく。

「結局、最初の予定通りにやるしかないわけだ……わたしがリスクなど負わねばならんとは。忌々しいが、仕方ない」

ちらとこちらを見て、唾まで吐いた。

「賭けなどしたくないから、ここにいるってのに！」

「嫌ならここにも来るべきじゃなかったな。家に閉じこもってれば良かったんだ」

「若造が！」

蹴りつけられる。また顔面を痛打し仰向《あおむ》けに倒れたマヨールに背を向けて、ジェイコブズは声を張り上げた。

「今からやるんだ！　クソ！　召喚機を動かして、奴を呼び寄せろ！」

言われたのはシスター・ネグリジェだ。反応しない。

「奴を！　呼ぶんだ！　ここの！　装置を使って！」

もう一度怒鳴りつける。

彼が目を離している隙に、マヨールは構成を編み上げた。足の負傷を癒す。ずきずき痛む頭と顔は後回しにした。動けるようになって、ごろりと一回転してジェイコブズから離れる。

ジェイコブズはまだ気づいていない。後ろから見ても耳が真っ赤になっているのが分かるほど紅潮して、全力で命令を発している。

「俺の言うことは聞き逃すなと！　命じられているはずだ！　やれぇぇ！」

別に声を大きくしたから通じるというわけでもないだろうが。

念話、感情の強さだろう。シスター・ネグリジェはゆっくりとだが手を上げた。魔術文字を描《えが》く。

召喚機が反応した。光が閃き、うなるような音が鳴り出す。

膨大な力だ。構成の複雑さに理解が及ぶ部分はほとんどないが、結界全体の力を転用して反発を吸引に切り替える、そんな構造ではないかと思えた。世界全体の神々をも拒む力であるから、引き寄せるとなれば魔王の力をも奪い取れる。

本来ならば複数、それも数十という数の術者が制御して動く装置だ。だがその定数を揃えられたことは一度もない。

伝説では最初に稼働したのはこれとは違う、第一の世界図塔。天人種族が世界書という形で神人種族の情報を召喚し、装置は壊れた。

次は人間種族が漂着してから。聖域に造られたこの第二世界図塔にて、ケシオン・ヴァンパイアの実験時。白魔術士の始祖とも伝えられるケシオンが召喚機を使った。世界書に従って魔王の力を求めて運命の女神に対抗しようとして……ケシオンは装置を動かすための強化改造のせいもあり、力を暴走、ヴァンパイア化した。加えて魔王も彼に力を与えた。魔剣オーロラサークルだ。

ケシオンは聖域を破壊したが、天人種族は魔術で彼を封印。以後、世界図塔の召喚機が使われることはなく、彼女らは絶滅した。

そして最後に。キエサルヒマに女神が現れるという時に、オーフェン・フィンランディが白魔術士の支援を受けてこの装置を動かした。魔王の力が召喚され、彼はその力を我が物にした。

シスター・ネグリジェは文字を描きながら、装置の中央へと歩いていく。文字が飛び、装置のうなりを加速させた。アイルマンカーの力は絶大だ。彼女ひとりで召喚機を動かす力があるか？　可能かもしれない。まあ少なくともラチェットやイシリーンよりは遥かに見込みがあるだろう。

「イシリーン。イシリーン」

まだ気を失っている彼女にかがみ込んで、呼んだ。

薄目を開けて、イシリーンがうめく。

「ううん……」

「気分は？」

マヨールの問いに、ハッと鼻から息を漏らす。

「もち最悪。それより、状況は？」

訊き返してきた。マヨールはあたりを適当に示すと、

「召喚機が動き出してる。あとどれくらいか分からないけど猶予は少ない」

「……わたしに頑張って欲しい？」

「まあね。でも無理は――」

言いかけたマヨールの口を、イシリーンが指先で押さえた。

こんな時、茶目っ気というより本気の苛立ちを見せるのが彼女だ。こう吐き捨てた。

「土壇場で遠慮する男って馬鹿みたい」

起き上がる。顔色は悪く、動作も鈍い。本人が言うほど馬鹿な遠慮でもなかったろう。

もちろん、もう偽典構成が仕組めるコンディションでもない。

「なにをしている！」

動きを察して、ジェイコブズが向き直ってきた。拳銃の狙い付きで。

「馬鹿な真似はするもんじゃねえ。てめえらは人の壁だ。ラチェット・フィンランディと連絡を取れ！　大人しくするよう伝えろ！」

「もう間に合わないんじゃないか？」

マヨールはシスター・ネグリジェを指さした。

ジェイコブズもその指を追い、目を見開く。

ぎりぎりのタイミングで見えたはずだ。ラチェットの精神体がシスター・ネグリジェの身体に入り込んでいくのを。

「ラチェット単独で装置を動かせる見込みは低いと分かってた。だから動かせる能力を持った相手に憑依《ひょうい》するのが本当の狙いだ」

「できるわけねえだろ！　精神士になったからって、あの冷血女はウスノロでも力だけはアイルマンカー並みだ——」

「だが精神は脆弱《ぜいじゃく》。お前がそう言ったんだ。賭けだな」

にやりと笑い、マヨールは一歩前に出た。敵と対峙《たいじ》する大きな見得だ。

「さっきの口ぶりじゃあ得意ではなさそうだったが。完全な自分勝手の世界を創るつもりでいるなら、その前に一度くらいの伸《の》るか反るかはやってみせろよ」

「冗談じゃない……」

すっかり狼狽えたジェイコブズの頭の中を、マヨールは読み取ろうとしていた。動揺の中、必死に打算している。シスター・ネグリジェが敵に乗っ取られれば、ジェイコブズのこの世界は即座に終わりだ。ラチェットは戦術騎士団なりなんなりを召喚して結界も破壊するだろう。

「今すぐ、あのガキにやめるように言え！」

銃を突き付けてわめく。マヨールがじっと動かないと、さらに続けた。

「なら、こっちだ！」

急に壁際まで走っていって、手のひらで叩いた。

そこに映像の窓が開く。村の光景だ。焼け野原のようになったただ中に、女がひとりうずくまっている。

イザベラだ。傷だらけ、ぼろぼろで。もう立ち上がる力もない。

それは彼女と戦っていた敵たちもだ。ガス人間はあらかた倒され、調整槽も破壊した以上、再生もできない。ただ、ひとりだけ……

オリジナル、イアン・アラートが彼女の前に立っている。そのイアンも左半身のほとんどが失われていたが。

「俺が止めなければ、あの女は死ぬぞ」

そんなジェイコブズの脅しは、夢と現実が半分ずれたように遠く。

マヨールは師を見つめた。

彼女はこちらが見ていることなど分かるまいが。返事も目配せも必要ない。

ただ、目を背けることはしなかった。見とどけるつもりだった。自分の舌先にかかっている命が失われるのを。誰のせいでもなく自分がそれを決めるのだと味わって。

傍らのイシリーンの鼓動が早くなったと感じた。

彼女は耐えきれずに止めてしまうかもしれない。その前に、マヨールは告げた。

「犠牲は覚悟の上だと言ったろう」

「どうすりゃ聞き分けるんだてめェはァァー！」

壁を蹴り、ジェイコブズは引き返してシスター・ネグリジェへと走る。すれ違う時につぶやくのが耳に入った。

「これだから民衆の反乱ってのは嫌なんだ……てめえらすぐマジになるから！」

「お前だって革命家なんだろ」

嫌みを言う。聞き咎《とが》めて、ジェイコブズが叫んだ。

「それはアードヴァンクルのジジイだ！　クソ！」

召喚機全体に文字を描いては投げているシスター・ネグリジェの前に滑り込んで、拳を振り上げた。

「精神体だけを殺せるもの、なんかねえのか！　寄越せ」

彼女がどんな表情を見せたのか、マヨールは見ていなかった。

ずっとイザベラの様子を見ていた。イアンは残った腕で、イザベラの首に手をかけている。彼女の身体がゆっくり持ち上がる。うつむいていて見えなかった顔は、薄笑いを浮かべていた。

（もう怒っていないんだな……）

その目の強さでふたつのことが分かった。彼女は勝つ気だ。そしてもう生きるつもりはない。

だから怒りはない。戦争に傷つき、気むずかし屋で知られた師が、そんな安らかな笑顔をしている。彼女はなにかを叫んだ。ここには音までは聞こえないし、彼女が編んだ構成も見えなかった。

だがふたりの身体を激しい火柱が覆うのは見えた。その炎がなくなった時、なにも残っていなかった。

なにも言わないままイシリーンの手を握った。手を離すまで数秒、感触だけで思いを交わした。

手を離し、ジェイコブズのほうを見やった時には、彼はシスター・ネグリジェから次々に道具を受け取っているところだった。

「これでもねえ……これじゃ駄目だ！」

受け取っては足下に捨てる。ガラクタに埋もれていくようだ。剣に防具にもっと日用品らしいわけの分からないものまで。どれも強大な力を有した魔術道具だが。リベレーターが保管して持ってきたものもあれば、オーフェン・フィンランディが戯れに造って納屋に入れていたものもあるのだろう。

「これか！」

ついにジェイコブズが選んだのは、マヨールが見たことのない、剣のような道具だった。手術道具というほうが近いか。曲線の刃《やいば》を翻し、シスター・ネグリジェの胸に突き立てる。

確かに刃は身体を傷つけていないようだ。通り抜けるようにすっと入っていった。ネグリジェが顔を引きつらせ、ガタガタと震え出さなければ刺さっていること自体が目の錯覚かと思ったかもしれない。

天人種族の魔術道具ですら、シスター・ネグリジェの精神を殺すことはあるまい。だからジェイコブズはやったのだろうが、完全な無痛ではなかった。スープでもかき混ぜるように、ジェイコブズはその刃をぐるりと回す。シスター・ネグリジェはその状態でも召喚機の操作を続けていた。途中でやめることはできないはずだが、そもそも苦痛に怯《ひる》む発想自体がなかったのかもしれない。見えない敵を追ってジェイコブズは刃を操る。そのたびに偽造アイルマンカーの手先が鈍った。

やがて。

「仕留めた！」

剣を引き抜いて、ジェイコブズが勝利の宣言をする。

「余計な精神体はこん中にいねえ！」

「だろうな」

マヨールの声を、彼は聞いたかどうか。

召喚機の魔術が発動した。

光と音の洪水。空間転移の際に感じる五感の不協和よりも、さらに広く。逆に自身はそのままなのに空間のほうが壊れたようなズレが走る。

それが収まって、装置の中央には術者とジェイコブズに、もうひとりが加わっていた。

光る花を手に携えている。

ケシオン、いや魔王スウェーデンボリーだった。

「やった……やった！」

剣を投げ捨て、ジェイコブズが万歳する。

「これで装置の制御役は完璧だ！　もうなんだって呼び寄せられる！　約束通り、あんたは次に自分の力を取り返して――」

神人、スウェーデンボリーはにこりともしない。

花を落とした。そして爪先で踏む。跡形もなく花は散って消えた。

「新しい盟友よ。約束を覚えているか？」

「え？」

きょとんとしたジェイコブズの額を、神人は指で突いた。後ろによろめく彼に冷たく言葉を投げかける。

「わたしはちゃんと、オーフェン・フィンランディを足止めし、お前が結界を造る時間を稼いだ。勝てないと分かっていてだ。お前の仕事は、わたしが与えた紛《まが》い物のウィールド・ドラゴンを使って召喚機を動かすこと」

「あ、ああ……そうした。そうしただろう」

触れられた場所を不思議そうに撫でながら、ジェイコブズ。

スウェーデンボリーは肩を竦めた。

「失敗する確率はそう高くないはずだったが。運がなかったな」

「え……」

額を手で押さえて、ジェイコブズは振り向く。

そしてシスター・ネグリジェの変貌を目にして、悲鳴をあげた。

「そんな……！」

彼女は消えかかっていた。身体の輪郭が溶け、粒子のように散っていく。

ふう、とスウェーデンボリーはため息をつく。

「その場合の約束だよ。そのウィールド・ドラゴンに命令が伝わるよう、君と彼女には精神の連結がある。彼女が壊れた場合、修復には君の身体を使う」

「嫌だ……！」

ジェイコブズは抗うが。

マヨールにも見えていた。彼が手で押さえている額から、シスター・ネグリジェと同じように、綻びが生じている。

違うのは、ネグリジェは拡散していくのに対して、ジェイコブズは彼女に向かって注がれていく。その移行が見て取れた。

身体が崩れて彼女に移っていくのを防ごうと、ジェイコブズは分解した身体を掴み取ろうと足掻《あが》くが、触れられない。逆上して叫んだ。

「嫌だ！　精一杯やったんだ！　別の術者を手配しようともしたし……今も、邪魔が入ったのを食い止めた！」

「まさか召喚中に干渉をしたのか？　盟友よ」

床に散らばっている無数の魔術道具を見て、スウェーデンボリーは眉を上げる。

ジェイコブズは必死に言い訳していた。

「選択の余地はなかった！　そいつらが……そこの魔術士どもが、精神士を使って邪魔をしようとしたから……！」

「精神士だって？」

スウェーデンボリーはますます怪訝の色を強めた。すがるジェイコブズはほうって、こちらに視線を向ける。

答えずにマヨールは構成だけを見せた。

幻像だ。ラチェットの姿を光で造って、簡単にならら動かせる。

それなりに難しいが単純な術だ。

「なるほど」

スウェーデンボリーは苦笑した。

「君は担がれたんだ。盟友よ」

「担がれた？」

「精神士なんていなかった。君は騙されて、召喚を失敗させられたんだ」

「いた！　わたしは騙されない！　そこの女――そいつは憑依で魔王術を使えるようになった。そんなのは精神士にしかできない！」

イシリーンは嫌そうに鼻を鳴らしたが、説明した。

奴を嫌がらせるためなら、言ってやりたかったのだろう。

「ラチェットの世話になったのは本当。ただし、変則的にね。精神支配よ。わざとしくじらせて、感覚を患ってる。ラチェットの感覚にね。この使い魔症が治るまでは、初歩の偽典構成なら仕組める」

「そんなことでわたしは騙されたりしない――」

なおも諦めないジェイコブズに、マヨールは告げた。

「俺たちが仲違いしたってところは、あんまり信じちゃいなかったろう。一度の嘘じゃ信じない。俺は下手なんだろうし。だけど、嘘を見破ったと思ったところに嘘をつかれると、案外ころっと騙されるもんだな」

「調子に乗ったとでも言いたいか！」

「世界を救うための犠牲だとか間抜けなことを言っておけば、いかにも騙せそうだと思ったよ。実際には、偽アイルマンカーを滅ぼすにはどうしたらいいかだけを考えてた。お前が恐れていたのは、シスター・ネグリジェに召喚機を使わせれば制御に失敗して消滅するかもしれないってことだろう。代替の手がないと思わせて、それをさせた」

「成功したかもしれなかった！」

「ああ、賭けだったな。俺も得意じゃないが、お前には勝った」

「この……！」

彼は床に這いつくばっていた。力がもう入らないのか。分解はもう額だけでなく、身体の末端から溶け出している。

拳を握ろうにも固まらないらしい手で、足下を殴りつけた。

大きく絶叫したのち……

急に静かになった。顔を上げる。その目はマヨールを見ていた。

「このへんにしとけよ、青年」

震える声音で紡いだ、脅しというよりは忠告に聞こえる。

「ここで勝ってやめておけよ。この殻を割って、だからどうした？　せっかく勝ったんだからやめておけよ。外にはお前の手に負えない問題だらけだぞ……」

最後には笑い出した。

「気にくわねえ奴をぶっ飛ばして終わりってのは、せいぜいがこの結界の中どまりだってことさ！　やめとけえ！」

「言われてみれば、確かにここは楽園だったんだな」

マヨールは同意した。

「分かりやすい悪党がひとり、そいつを倒せば終わり。だがそんな楽園に生きるのは、もうとっくにやめたんだろう。誰も」

「人の夢をぶち壊しやがって……！」

完全に消える前、ジェイコブズは神人にもう一度すがろうとした。

「わたしはなにも悪くない！　正しいことをやったんだ！　慈悲を！」

「そう言われたところで他にどうしようもない」

スウェーデンボリーは上の空でそう言った。

「確かに慈悲はないかもしれないな。そんな世界に造ってしまったことは詫びる。が、その時のわたしはそうだったんだ。わたしだって悪くないよ」

ジェイコブズは最後まで聞いてはいなかった。途中で消滅していたのだが、神人はそんなことも見ていなかった。

シスター・ネグリジェの消滅は止まり、また元通りになっていた。

「さて」

彼は召喚機の内部を見回す。

「他になにもないなら、状況は回復した……わたしにとってはだが。このウィールド・ドラゴンもどきを操作して、召喚機を制御すれば力も取りもどせる。のだが」

奇妙そうに眉間に皺を寄せた。

「君たちにはどうも慌てた様子がない。わたしが再び君たち巨人種族を見捨てようとしているのが、まだ分かってないかな。それとも、予想していたとでも？」

「シスター・ネグリジェに再生の措置まで用意していたのは予想外だった」

「その呼び名はやめて欲しいな。いかにも露悪的で、攻撃的で、人間的で、恥ずかしい」

答えよりも、スウェーデンボリーはそっちのほうを気にしたが。

そのまま、マヨールは続けた。

「ただ、俺たちは召喚が失敗するほうにだけ賭けてたわけでもないんだ」

両手を掲げる。その手になにかが触れている。

虚空の鞘《さや》から抜き取るように。

引っぱる。

「隠れたラチェットが同期して、召喚機の動く時を外に伝える。それで外がどう干渉してくるかも、予想はできてなかったけどね……」

手の中に現れたものを見て、スウェーデンボリーの顔色が変わった。

「オーフェン・フィンランディは案外、シャレがきいてるようだ」

マヨールも苦笑いするしかなかった。

掴んだ剣が激しく鳴動している。

魔王が人に与える破滅の一端。魔剣オーロラサークルだった。何者をも抹殺する。

「というか、これがぎりぎりの援助なのかな。それはあなたに訊けば分かるか。召喚機が動いた時に、できるせいぜいの抵抗がこれだったのか？　力の一部だけを送って、中の人間に反抗させる……」

「身を守れ！　シスター――」

「上等な呼び名は思いつかないか？」

魔剣を手に飛び出す。

シスター・ネグリジェは魔術文字を描いて、周りに防御障壁を出現させる。マヨールは構わず、その壁ごと刃を突き刺した。

貪欲な破滅の剣は、なにもないように防御を貫いたが、標的の手応えだけは伝えてきた。持ち主に、己が無敵だと錯覚させるのか。これは形を得た魔王術そのものだった。

障壁は消えた。剣に貫かれたシスター・ネグリジェは仰け反った姿勢で、声もなく瞬時に分解する。剣のうなりはそこで終わった。

床を蹴って引き返す。イシリーンは既に準備をしていた。偽典構成で空間転移。しかし今度はさっきよりも長い距離だ。一気に地上まで飛ぼうとしている。

が。

「……無理！　ごめん！」

頭を抱えて身体を折る。ここから出るには彼女の術しかないのだが。

だが、もとより難しいところだ。判明した契約触媒もだが、使い魔症に頼った魔王術など、術者に相当の負担があるはずだった。

彼女が倒れるより先に駆け寄り、手を貸した。

「どうする？」

ふらつきながら問いを発してきたのは彼女のほうだ。

（泣き言のひとつも言ってくれば、いいかっこしてやるのに）

などとは思わなくもないが。いい手が思いついているわけでもないので、助かったほうかもしれない。

「これで結界は消えたから、助けが来るはず。まあ……誰かが覚えていればだけど」

「わたしが望みを叶えてやろうか？」

呼びかけてきたのは。魔王スウェーデンボリーだ。

機能を失った召喚機の中心から、こちらを見ている。

「あなたのもっと新しい盟友になれってことか」

同じくもう力を持っていない剣を手に、マヨールはかぶりを振った。

「だったらまだ、あいつと友達になったほうがマシだった」

と、ジェイコブズが消えた場所を示す。

断るのを待っていたわけでもないだろうが、人間が出現した。虚空から音もなく空間転移してきたのは――

「ラチェット？」

マヨールの声に彼女はうなずく。動作、仕草。それにこの魔王術から、通常の状態でないのは分かる。同調術だろう。

彼女の同調術は今のイシリーンにも増して危険のはずだ。訝《いぶか》るマヨールに、ラチェットは一言だけ告げた。

「状況が変わった」

「またかよ」

軽くうんざりして、うめく。

ラチェットは有無を言わさず偽典構成を仕組むと、三人まとめて空間転移した。

マヨール、イシリーン、ラチェットで移動したのは、まだ村の中だった。空は暗く結界があった時と見分けはつかない。イザベラの戦いでほとんどが焼け野原のようになり、焦げた臭いが充満していた。

場所が分かりかねたが、世界図塔が見えたので村の中央あたりだと分かった。出現した場所にはサイアンとヒヨが待っていた。術を終えてラチェットががっくりと膝を突く。サイアンとヒヨが両側から抱きかかえて、どうにか倒れはしなかったものの、やはり意識の混濁に喘《あえ》いでいた。

「なにがあったっていうんだ?」

「村の周りから、ヴァンパイアの軍団が押し寄せてる」

と、ラチェット。

マヨールは声をあげた。

「えっ？」

「女神を迎えに来るつもりでいた連中。カーロッタも来てる。切り抜けないと」

「そうは言っても……」

マヨールは肩を貸しているイシリーンを見やった。ラチェットももう朦朧《もうろう》としている。

「わたしはもう寝る。うまく、逃げて……」

言うが早いか、宣言通りに目を閉じた。

こうなると、あとは戦力にできるのは自分だけか。夜の気配は色濃く、どこから敵が現れてもおかしくない気もしてくる。結界もなく人手もない。ローグタウンは無防備だった。ジェイコブズに大見得を切ったのも思い出して、やはり皮肉につきまとわれていると唇を噛む。

「君たちで、イシリーンとラチェットを運べるか？」

ふたりに訊ねる。文句を言ったのはイシリーンだった。

「ちょっと。わたしもお荷物扱い？」

「今日はもう十分、規格外の働きはしただろ」

言いながら彼女の身体をヒヨに預ける。

サイアンに訊ねた。

「どこに逃げればいい？　地理は頼りにしていいね？」

「はい。でもラチェットの話だと、本当にすごいたくさん革命闘士が来てるみたいで

「……」

「逃げるにも衝突は避けられないか。カーロッタはなにしに来たんだ?」

分かりようもない問いだが、自問する。

キエサルヒマの結界のようにここの結界によって運命の女神が現れるなら、信仰に従ってカーロッタが馳せ参じるというのは分かる。だがその結界は消えたはずだ。なら、ここになんの用事がある? ヴァンパイアを一所に集めれば、戦術騎士団は総攻撃に打って出るだろう。戦力を半減させた戦術騎士団だが、最強クラスの魔術戦士はまだ残っている。カーロッタはそれを侮るのか?

「こっちが一番早く村を出られると思います」

一方を指さして、サイアンが言う。彼がラチェットを背負い、ヒヨがイシリーンを抱えている。小柄なヒヨに持ち上げられて首に抱きついているイシリーンの姿は不自然だったが、ヒヨは術で身体能力を上昇させている。

(託されたか)

ここまでは、どうにかやり遂げた。

焼け跡を横目に、走り出す。イザベラがこの世に置いていった怒りの熱量を思わせる。ジェイコブズに閉ざされた世界は解き放った。だがもちろん、そんなものはなんの終わりでもないのだ。

小さな隊を率いて、マヨールは夜の村を、駆けた。

25

「ようやくね」

灰の混じった風を髪に受けて、カーロッタ・マウセンはつぶやいた。

彼女の周りには数名のヴァンパイア。みな、もう人間の姿よりは獣に近い……その中のひとり、人語を話せる舌と喉を残した岩人間が訊ねる。

「ヨウヤク、トハ？」

カーロッタは左手で髪を整えようとして――その前に手を止め、右手でやり直した。指先で髪を梳《す》き、手のひらを返して月光にかざす。まじまじと見やってから返事した。

「初めて御言葉を賜ったのは、教師になってから」

「ハア……？」

「でもその前から……子供の頃から、知っていた気がしたの。最終拝謁と呼ばれる厳粛な儀式だけども、母親との会話みたいにリラックスしていた」

微笑みが漏れる。少女のように屈託なく。

「正しい世界の作り方のために。クオのような狂信者にも、ラポワントのような石頭にも、サルアのような俗物にも分からないことを、わたしだけが知っていた」

も」


「カーロッタ、様ハ、偉大……」

「おやめなさい。もちろん、硬い肉の塊に堕したあなた方には知るよしもない。といっても」

その右手で岩人間の喉を撫でて、息をついた。

「役に立つお肉だけどね」

くすくす笑って首を振る。

ヴァンパイアたちは聞いているが、なにも答えない。言葉を理解できる者がほとんどいないのだが。

カーロッタは改めて言った。

「とても、長い旅だったのよ。距離も、時間も。退屈さも」

見渡すのは憎き仇敵《きゅうてき》の地——そして珍奇な友情の地でもある、ローグタウンだ。

リベレーターのくだらない結界は消えた。なにがあったのかは分からないが、村は大半が焼け野になっている。燻《くすぶ》る煙が風景を見えづらいものにしていた。

独り言なのは分かっていたが。それでも声に出した。

「ここが最後の城。告げられし天世界の門。ここに終わる……」

もう一度、髪を振った。雪のように降る灰を払うために。

単行本あとがき

毎度のあとがきでございます。

登場しないあいつってどうなってる？　のコーナーなんですがもう誰も思いつかないのでどうしたものかしら……まあそのうち考えればいいか、と言ってるうちに書かないとならなくなってしまいました。

だーれかいたかなー……

と悩んだあげくの、この人です。


ラシィ・クルティは悪名高いハーティア・アーレンフォードの秘書として、長らくトトカンタ魔術士同盟で働いてきました。現在四十歳で、未婚。十数年付き合っている非魔術士の恋人はいて、そのことが微妙に組織内では白眼視されているというような問題もあります。

とはいえ本人は基本的には脳天気に暮らしています。

二十三年前の戦いというのは彼女にとっても大きな転機になりました。彼女はハーティアの元に残って大陸魔術士同盟から離れたわけですが、実際の戦いには出ていません。後方での活動と、トトカンタ市政との連絡を受け持っていました。

戦いが終わった後、街に溢れていた孤児たちの面倒を見るようになり、数年後にはそのうち七人を正式な養子に迎えています。なお、恋人というのは孤児院の職員です。

養子のひとり、一番年長のパリア・クルティはかなり有望な魔術士ですが、ハーティアに心酔していて、彼の率いる奇抜な戦闘集団に加わることを熱望し、ラシィとしてはちょっと困ったなというところです。

トトカンタ魔術士同盟の頭領に近しい場所で働く彼女が、非魔術士との関わりが多いのが、組織としては問題になっているわけです。

上司のハーティアはというと。

「問題はあるのかもしれないけどね。じゃあそこを改めろと言えば、彼女は辞めるよね。彼女が貴重なのはね、そこだよ。ここ以外に行き場もないような連中ばかりの組織っていうのは、きついよ」

まあそんな具合です。

あ、たぶん星はもうくっついてないと思いますが、そこは草河さん次第なので分かりません。

てなところでしょうか。

次はホントどうしたもんかなー。うーん。

まあ順当にいけば次巻は最終巻になるはずなので、もうちょい別のあとがきになるかもしれませんが。

ともあれ、また次の巻末でお会いできれば！

それではー。

二〇一二年一二月――　秋田禎信

文庫あとがき

もうね。あとこうなったら語れることなんて、このシリーズについてくらいしかないじゃないですか。

ということで解説気味に書いてみようと思います。

全体の成り立ちみたいなことで。どんな書き方をしていたのか、そんな話です。

まあこういう思い出話は、記憶違いとか言い回しの変化で以前話したこととかと矛盾出てきたりしそうで怖いとこあるんですが……

このシリーズは第四部という名前がついてます。

で、昔の第二部までのシリーズを書いていた頃にこの第三部、第四部の設定はあった……というのは事実なんですが。

ここでちょっとややこしいのが、設定としては考えていたものの書くつもりは特になかったんですよね。

だからそんなに細かく予定まで立ててもいませんでした。第三部としてはキエサルヒマを出て別の島に行くという流れ程度。

未発表だと思いますけど、本編終了の三年後にすっかり性格が立派に荒んだマジクが久しぶりに「お師様」を訪ねに行くというような内容の短編をかなり初期（それこそ無謀編の連載まだ始まってなかったくらいの頃じゃなかったかなー。違ったかな）に書いた記憶がうっすらあります。

ていうと、え、そんな時から構想があったのかと思いそうになるじゃないですか。

今から見て辻褄があってそうに見えるのはたまたまです。なんも考えちゃいませんでした。でもまあ、とにかくどこか遠くに旅立って終わるんだろうな、というようなイメージだけはあったんでしょうね。

第二部のエピローグというか、そこまで書くかどうか悩んでやっぱりやめたのが『キエサルヒマの終端』の序盤です。だからそこまではあったわけですが、その先はそんなにはっきりしてたわけじゃなかったです。

第四部のほうはさらに曖昧で、実のところ第四部だと思ってもいませんでした。ラッツベインという娘が未来からやってくる、みたいなネタを考えていた時があって、やっぱり結局書かなかったんですが、まあ娘がいるってことは結婚してんのかな、という程度の「考えていた」で。

お話っていうのはどこか厄介なもので、そこで終わるなら「あとはみんな無難に生きていきました」でいいんですけど。続くとなるとまた厄介ごとを用意しないとならない。シンデレラも続編をやるとなると宮廷の生活に苦労したり時空が巻きもどされたりするわけですね。で、まあ第三部をやっていたとしたらきっとこうしていただろうなー、というシミュレートみたいなことをして。

その後『約束の地で』を考える時に、なんでそのまま第三部を書くんじゃなくて二十年後にしたのかは、なんか理由ってあったんだっけかなー……特になかったかもしれないですが。キャラクターたちそのまんまの続編を書くのに抵抗あったのか。

ともあれ第四部にすっ飛びました。といっても『約束の地で』って厳密には第四部じゃなかったですね。本来は番外編的な立ち位置だったんだろうと思います。そもそもマヨールっていうのは第四部のイメージの中には入っていなかったキャラなので。

新しい環境である原大陸を旅行記的に通り抜ける感じの話にしよう、っていう考えだったと思います。で、旅行者として使ったのがマヨールでした。ベイジットはそのマヨールを主人公にするために出てきたキャラクターではあります。だから『約束の地』に取り掛かるまでは影も形もない子でした。

それでその話も単体で考えていたので、ここで役割も終わっていたんですが。

本当に第四部を書くってことになって、ちょっと考えないとならなくなったんですよね。ぼんやりイメージだけだった頃の第四部では、オーフェンの娘たちが主人公で、えーと……ここからの話は一応、次の巻の内容なのか。

じゃあ次回に回します。『女神未来』っていうタイトルになんでなったのか、そうさせたのは誰かっていう。

二〇一七年十一月——

秋田禎信

19年
25周年へ
最終章《カウントダウン》!

キエサルヒマの終端
Season 2 : The Sequel
約束の地で
Season 4 : The Pre Episode
原大陸開戦
Season 4 : The Episode 1
解放者の戦場
Season 4 : The Episode 2
魔術学校攻防
Season 4 : The Episode 3
鋏の託宣
Season 4 : The Episode 4
女神未来（上）
Season 4 : The Episode 5
女神未来（下）
Season 4 : The Episode 6
魔王編
Season 4 : The Extra Episode 1
手下編
Season 4 : The Extra Episode 2
20
第四部文庫化10か月連続刊行！
SORCEROUS STABBER
魔術士オーフェンはぐれ旅
Season 4 : The Episode 5
女神未来（上）
ORPHEN
2018年
3月1日発売！
新企
続々
詳しくは
公式HP
ssorphen.com
公式Twitter
#オーフェン
#オーフェン25周年へ

キエサルヒマ大陸
神々に呪われた 天人種族と 人間種族の混血により 『魔術士』と呼ばれる 人間が生まれた地
大陸北西部 タフレム市 その郊外にある《牙の塔》は
大陸最高峰の 黒魔術士養成所 である
その《牙の塔》で 教師を務めている 大陸最強の魔術士 チャイルドマン・パウダーフィールド
生徒の中でも 特に優れた7人が 彼の教室に 集められた
コミカライズ ニコニコ静画にて 好評連載中！
葵蘭
原案：草河遊也
「魔術士オーフェン はぐれ旅 プレ編」
人気 エピソード ランキング
※2017年9月25日～10月25日 公式HPにて投票開催
1位
第1&2話「清く正しく美しく（前・後編）」が
無料で読める！
公式HP ssorphen.com 公式Twitter #オーフェン #オーフェン25周年へ

これは
在りし日の「チャイルドマン教室」の物語——
第1話
清く正しく美しく(前編)

認めるんだな キリランシェロ
今日という日が 科学が生命を 凌駕する
歴史的な 記念日と なることを!!

4周年をありがとう!
祝
「このライトノベルがすごい!2018」
(宝島社刊)
TOブックス・オンラインストア
限定企画が目白押し

行本に香月美夜書き下ろしSS収録！

カライズ
展開中！

ニコニコ静画にて好評無料配信中！

http://seiga.nicovideo.jp/comic/booklove

第一部の物語が
コミ
本好きの下剋上
司書になるためには手段を選んでいられません
第一部 本がないなら作ればいい！
原作：香月美夜 miya kazuki ／漫画：鈴華 suzuka
イラスト原案：椎名 優 you shiina
第6巻
2018年2月下旬発売予定！

し、
告する!
豪華声優陣が
ドラマCDに
2018年
3月10日
ドラマCD
同時発売!
おかしな
転生
IX
戦いはフルーツに
合わせて
キャスト
ペイストリー　村瀬　歩
カセロール　土田　大
リコリス　本渡　楓
ジョゼフィーネ　大久保瑠美
ビターテイスト　石川界人
アニエス　生天目仁美
ウランタ　山下大輝
セルジャン　古川　慎
式HPにて予約受付中!
ttp://www.tobooks.jp/sweets

激突、十三傑
聖国に
宣戦
著
古流 望
NOZOMU KORYU
イラスト
珠梨やすゆき
YASUYUKI SYURI
コミカライズ
おかしな転生
～最強パティシエ異世界降臨～
漫画：飯田せりこ
原作：古流望
キャラクター原案：珠梨やすゆき
脚本：富沢みどり
2017年12月25日よりニコニコ静画にて連載開始!

本作は2013年2月に小社より刊行されました。

TO文庫

魔術士オーフェンはぐれ旅
鋏の託宣

2018年2月1日　第1刷発行

著　者　秋田禎信
発行者　本田武市
発行所　TOブックス
〒150-0045東京都渋谷区神泉町18-8
松濤ハイツ2F
電話03-6452-5766(編集)
0120-933-772(営業フリーダイヤル)
FAX03-6452-5680
ホームページ　http://www.tobooks.jp
メール　info@tobooks.jp

本文データ製作　TOブックスデザイン室
印刷・製本　中央精版印刷株式会社

Printed in Japan　ISBN978-4-86472-642-9